카뮈의
마지막 날들

LES DERNIERS JOURS DE LA VIE D'ALBERT CAMUS

by José LENZINI

Copyright © Les Editions Actes Sud, S.A., Arles, 2009

Korean Translation Copyright © Mujintree Co. Ltd. 2010

All rights reserved.

This Korean edition was published by arrangement with

Les Editions Actes Sud (Arles)

through Bestun Korea Agency Co., Seoul, Korea.

카뮈의
마지막 날들

조제 렌지니 | 문소영 옮김

너무 일찍 떠나버린, 하지만 그렇지 않았더라도
어차피 이 글을 읽지도 못했을 마리에게

서문

이 책은 알베르 카뮈 생의 마지막 날들을 그린 이야기이다. 저자는 정확한 사실을 전하고자 하는 마음으로 집필에 전념했다. 여러 작품과 신문기사 혹은 몇몇 저서나 강연회에서 언급되었던 내용을 토대로 사실에 충실하면서 카뮈의 마지막 여행을 재구성한 것이다. 증언을 해주신 분들—카뮈의 친지와 친구들, 비서, 같은 길을 걸었던 분들과 저널리즘의 동반자들—의 양해 덕택에 언제나 세상을 향해 열려 있던 카뮈의 인간적인 진가를 보여주는 몇몇 일화를 전할 수 있게 되었다.

어머니의 침묵이 줄거리의 중심을 이루고 있는 이 작품에는 불분명해 보이는 운명에 맞선 카뮈의 모습을 상상해볼 수 있는 상황들이 소개되어 있다. 그런 현실은 《이방인》, 《칼리굴라》의 저자이자 소설가이며 기자였고 철학자이면서 동시에 인간이었던 그의 곁에 늘 함께했었고 한시도 그를 내버려두지 않았다. 우리가 카뮈의 작품에 나오는 문장들을 인용하기로 한 것도 바로 그런 이유에서이다. 작품 전체에 삽입되어 있는 인용문은 카뮈가 남긴 말의 진실성을 제공하면서 이야기의 흐름을 뒷받침해주고 있다. 대체로 길지 않은 인용문을 소설과 구분하기 위해서 인용 부호를 사용했다. 페이지 밑에 달려 있는 주註를 읽느라 독자들의 글 읽는 흐름이 끊어지지 않을까 우려하여 본문에서 주는 가능한 달지 않기로 했다. 발췌된 인용문을 통해 카뮈의 작품을 읽고 작품들을 오히려 풍요롭게 만들어준 그의 침묵을 다시 한 번 느껴보기를 바란다.

삶의 역경은 침묵의 기술을 가르쳐준다.

―세네카―

차례

그림자의 아파트

그 시선은 길게 뻗어 있는 기다림의 해변에서
어두운 기억들과 은밀히 대화를 나누고 있는 것 같았다.

"아직 너무 젊은데……."

자신이 낼 수 있는 가장 또렷한 발음으로 그녀가 한 말은 이세 마디뿐이었다. 사막처럼 희미하고 고통스럽고 억눌려 있는 수많은 문장들이 묻혀 있는 오랜 침묵이 흐른 뒤에 나온 세 마디였다. 울 수도 없었다. 커다란 불덩이가 목줄기를 타고 내려가 저 밑바닥부터 타오르면서 눈물을 말려버렸다. 조카 폴과 뤼시엔은 그녀가 오열하지 않는 것에 다소 의아해하면서 약간 뒤로 물러나 있었다. 도무지 무엇을 해야 할지, 무슨 말을 해야 하는지, 어떤 태도를 취해야 할지 모른 채 둘은 맥이 풀린 듯 꼼짝도 않고 기다리고 있었다.

노인의 시선이 천천히 책장 위에 놓여 있는 사진으로 옮겨갔다. 그가 거기에 있었다. 바바리코트를 걸치고 손에 담배 한 대를 들고 있는 그의 시선은 비스듬하여 어머니의 시선과 마주치지 못했다. 애정과 무관심이 동시에 깃들어 있는 시선. 많은 이들이 그 시선에서 무관심이 보인다고 생각했고 그는 한 번도 아니라고 부정하지 않았다. 어머니와 함께 보낸 기나긴 무언의 시간에서 비롯된 이 "선천적인 불구"를 어색하게 정당화시키지 않기 위한 것이었으리라……. 어머니의 머리는 백발이 되었고, 얼굴의 주름은 깊어졌지만 작고 곧은 코와 따뜻한 갈색 눈은 변함이 없었다. 하지만 "그 얼굴에는 뭔가 강한 인상을 주는 것이 있었다. 피곤함이나 그와 유사한 상태로 인해 얼굴에 일시적으로 드리워지는 일종의 가면 같은 것이 아니라 아니, 오히려 어떤 순진한 사람들의 얼굴에서 늘상 보이는 멍하니 방심하는 표정이 아름다운 얼굴 위로 스쳐 지나갔다."

스프와 양초 냄새, 눅눅한 냄새가 나는 작은 아파트 안은 어두웠다. 방 안은 조용했지만 끊임없이 와글거리는 길거리의 소음을 덮을 정도로 전차가 땡땡거리는 종소리를 시끄럽게 울리며 지나갈 때면 하나밖에 없는 창문의 유리가 온몸을 흔들곤 했다. 그런 소음은 그녀에게 방해가 되지 않았다. 귀가 들리지 않았으므로 오래전부터 진동 혹은 눈빛으로 밖의 소리를 들을 수 없었다. 일상생활 속의 소음을 이것저것 구별하지 않고 오히려 온몸으로 듣고 있었던 것이다.

"정말 너무 젊은데……."

두 손을 깍지 낀 채 액자를 들여다보다 어둠이 시작되는 창밖의 희미한 빛 쪽으로 사진을 내밀어 본다.

"불쌍한 알베르! 지 애비처럼…… 너무 젊은데! 둘 다……."

조카들이 서로 마주보며 뭐라고 중얼거렸다. 알베르…… 마흔일곱 살! 젊은 것은 사실이었다. 죽을 나이는 아직 아니다. 그것도 집에서 그렇게 멀리 떨어진 곳에서. 하지만 운명이었다.

거의 본능적으로 노인의 시선이 벽에 걸려 있는 다른 액자 쪽으로 옮겨갔다. 마른 전투에서 죽은 알베르 아버지의 무공훈장이 보였다. 고개를 약간 끄덕이던 그녀는 마치 고아가 된 기분이었고, 또다시 과부가 된 기분이었다.

류머티즘으로 일그러진 손이 작은 액자에 꼭 매달려 있었다. 무슨 말인가 하고 싶었을 것이다. 하지만 말을 할 줄 몰랐다. 한 번도 제대로 말하는 법을 배운 적이 없었다. 길들여보지도 못한 채, 말이 두려워서 아예 체념해버리고는 완전히 입을 다물어버릴 정도로 말과는 담을 쌓은 사람들의 철통같은 침묵 속에서 이제껏 살아왔던 것이다.

지금은 거리의 움직임만 하염없이 쫓고 있었다. 잠시 후면 방 안의 몇 개 되지 않은 가구 위에 올려놓고는 잊어버릴 작은 손수건을 습관처럼 손가락에 감았다 풀었다 하기를 반복했다.

그 순간 지나간 일들이 떠올랐다. 1913년 11월 7일부터 모든 일들이 아주 빠르게 지나가버렸다. 알베르는 새벽 2시에 태어났다. 춥고 을씨년스러웠던 어느 날 밤, 진흙투성이의 젖은 길 위에서 진창에 빠지고 삐거덕거리며 달리던 짐수레 안에서 산통이 찾아왔다. 그리고 알베르가 태어났다. 얌전하게, 울음소리도 내지 않았다. 벌써 세 살이었던 뤼시앙 다음으로 태어난 사내아이였다. 좋았다! 아이의 아버지도 기뻐했고 그녀도 기뻤다. 몽도비에 있는 작은 집에 아이를 맞이할 준비는 이미 다 되어 있었다. 아이의 아버지가 포도주 제조공으로 일하고 있는 르 샤포 드 장다르므Le Chapeau de Gendarme 포도 영지가 있는 곳이었다. 알제리 동부에 위치해 있는 본Bône 근처의 이 작은 농촌 마을은 아주 쾌적한 곳으로 살기에도 좋았다. 시골의 깨끗한 공기를 만끽할 수 있었고 말라리아도 거의 사라지고 없었다. 하지만 어린 알베르의 눈에 문제가 생기자 의사 선생님은 좀더 나은 치료를 받을 수 있는 알제 근처로 옮길 것을 권했다. 그렇게 해서 그녀는 7월에 두 아이를 데리고 알제 중심지에서 그리 멀지 않은 동네인 벨쿠르에 작은 아파트를 가지고 있는 친정어머니 집으로 들어가게 되었다. 친정어머니는 성격이 좀 꼬장꼬장했다. 하지만 그건 그녀만의 존재 방식이었다. 혼자서 아홉 명이나 되는 아이를 키워내자니 사사로운 감정에 휘둘려 행동하거나 교육에 대해 일일이 왈가왈부할 수 없었을 것이다. 아이가 사고를 치면 곧바로 황소 힘줄로 사정없이 매질을 하곤 했지만, 사실 심성이 그렇게 나쁜 사람은 아니었다.

그냥 좀 참고 기다리는 수밖에 없었다. 포도주 양조가 끝나고 나면 남편 뤼시앙이 올라올 것이고, 직장을 구하면 좀더 큰 아파트로 옮길 수 있게 될 것이다. 여기는 그냥 잠시 머무는 곳이었다. 벨쿠르의 아파트는 그리 크지 않았다. 방이 2칸뿐이었다. 할머니와 그의 두 아들 중 하나인 반벙어리 에티엔 삼촌이 이미 방을 하나씩 차지하고 있었다. 카트린과 두 아이는 거실을 같이 써야 할 형편이었다. 밤에는 어떻게 되겠지…… 낮에는 거실을 식당으로 써야 했다.

"잠시 동안만 있는 건데 뭐……."

남편이 징집되리라고는 예상하지 못했다. 몇 주 후면 돌아올 것이라고 생각했다.

"그냥 의례적인 거겠지……. 다들 그렇게 말하잖아!"

노인의 시선이 무공훈장이 걸려 있는 금테 액자에 꽂혔다. 10월의 그날이 떠올랐다. 현관 앞에서 어머니랑 같이 정신없이 감자 껍질을 벗기고 있을 때 말끔한 차림의 한 신사가 숨을 헐떡이며 나타났다. 숨을 고르고 나더니 "생테스 태생의 카트린 카뮈씨가 맞습니까?"라고 물었다.

"아니요, 이 아이인데요."

커다란 푸른색 앞치마 자락에 손을 닦으며 어머니가 대답했다. 모자를 벗어 든 남자의 어색한 모습을 의심스런 눈길로 쳐다보았다. 그는 마치 나쁜 소식을 전하러 온 집달리처럼 보였다.

"저분에게 얘기를 좀 할 수 있을까요?"

"그게…… 이 아인 아무 소리도 못 들어요! 귀머거리거든요. 그리고 말도 못 한다우. 그러니까 제 딴에는 뭐라고 말은 하는데 우리가 전혀 알아들을 수가 없어요."

"죄송합니다. 전 저분의 부군……에 관한 소식을 전하러 왔습니다. 여기 공문 받으시죠."

"하지만 난…… 글을 읽을 줄 몰라요."

"부인, 참으로 비통한 소식을 전해야 할 것 같습니다. 공문에는 뤼시앙 카뮈가 전장에서 사망했다고 씌어져 있습니다. 이상입니다. 두 분께 애도의 뜻을 전하며 조국을 대신하여 조의를 표하는 바입니다."

남자는 허리를 약간 구부리듯하며 편지를 내밀어 보였다가 지나치게 격식을 차리며 다시 봉투 안에 넣고는 어두운 계단 속으로 총총히 사라졌다. 카트린이 어머니에게 물었다.

"뭐예요?"

"뤼시앙이……! 전쟁에서 죽었대!"

잘 알아들을 수 있게 음절을 하나하나 분명하게 발음하면서 배려심이라고는 없이 큰 소리로 말했다.

"하지만, 하지만, 하지만…… 말도 안 돼……."

남편이 부상을 당했다는 건 알고 있었다. 하지만 치료받고 있는 중이었다. 생-브리외 병원에서 엽서를 통해서 잘 지내고 있다는 소식을 알려왔었다. 오늘쯤이면 완치되어 있어야 했다!

"아니, 죽었대……."

딸이 봉투를 접어 앞치마 주머니에 집어넣는 그 순간까지 자신의 말을 믿지 않는 것 같아 여러 번 말해주었다. 카트린은 거실 구석으로 가서는 지금과 똑같이 불덩이가 목줄기 속에서 타오르는 것을 느끼며 아무 말도 없이 절망감에 사로잡혀 침대 위에 쓰러졌다. 바로 그 순간 "절망은 말이 없다"는 것을 말로는 전혀 표현할 줄 몰랐지만 체험으로는 생생하게 알 수 있었다. "눈이 말을 할 때는 침묵에도 의미가 있다고 했던가." 그녀의 눈에서 앞으로 넘어야 할 공허함이 읽어졌다. 그 시선은 길게 뻗어 있는 기다림의 해변에서 어두운 기억들과 은밀히 대화를 나누고 있는 것 같았다. 누군가는 그 모습을 보고 황홀경에 빠진 듯하다고 했을 것이고, 또 누군가는 일상을 포기했거나 무관심해져 버린 것 같다고 했으리라.

시간이 한참 흐른 뒤 봉투를 열어보니 그 안에는 상장 같은 것과 남편의 머리에서 나온 포탄 파편이 들어 있었다. 몸을 일으켰는데 타일 바닥이 밑으로 푹 꺼져 내렸다. 팔다리가 옴짝달싹하지 않았다. 저 깊은 곳에서부터 긴 외침 소리가 올라왔다. 입을 열자 그 울부짖음은 무슨 말인지 제대로 알아들을 수 없는 구르륵거리는 소리로 변해버렸다. 정신을 차렸을 때 의사는 그녀에게 충격으로 인해 말하는 데 어려움이 있을 수 있다고 설명해주었다. 열두 살 때 티푸스에 감염된 이후 이미 거의 벙어리나 마찬가지였으므로 그녀는 의사가 무슨 말을 하는지 이해할 수가 없었다.

전쟁은 남편의 목숨과 함께 그녀에게 남아있던 마지막 말까지 앗아가버리고 말았던 것이다.

"그이는 훨씬 더 젊었었지……. 서른도 안 됐으니!"

자기보다 세 살이나 어린 그는 겨우 스물여덟 살이었다. 그들이 함께 산 시간은 5년밖에 되지 않았다. 거기에서 전쟁으로 인해 떨어져 있던 기간을 빼고 계산을 하려고 하자 곧 몽도비에서 살았을 때의 흐릿한 기억이 주마등처럼 되살아났다.

그리고 시간이 흘러…… 지금 그녀는 여기에 있었다. 금속함에 보관되어 있는 몇 안 되는 사진이나 엽서, 그림자와 추억만이 남아 있는 작은 아파트에 홀로 남겨진 채. 여전히 수돗물도 나오지 않고 전기도 난방도 들어오지 않았다. 라디오도 책도 없었다. 층계참에 세 가구가 함께 사용하는 공동 화장실이 있을 뿐이었다.

"우린 한 번도 얘기를 많이 나눠본 적이 없었어."

얼마나 생각에 골몰해 있었던지, 어쩔 줄 몰라 하며 구석에서 기다리고 있는 두 조카에게 들리라고 큰 소리로 말한 건 아닌가 싶은 착각이 들 정도였다. 많은 가정이 그렇듯 별 말 없이, 말을 자제하며 살아가던 이 집안에는 감정을 표현하는 일도 없었고 불필요한 말이 오가는 일도 없다. "말이 적어지면, 처신이 신중해지는 법이다." 문제를 만들지 않으려면 입을 다무는 법을 배워야만 하는 것이다. 중요한 것은 좋은 직장이 있고 상사로부터 인정받으며 몸을 눕힐 수 있는 집과 배고픔을 달랠 수 있는 음식이 있다는 것이다. 나머지는 그런 것에 대해 이러쿵저러쿵 떠들어대는 이들의 사치인 것이다.

오래전 어머니가 돌아가셨을 때와 오빠 뤼시앙이 세상을 떠났을 때가 차례로 떠올랐다. 언젠가 뤼시앙은 그녀가 꽃과 오렌지를 선물하던 생선장수 앙투안과 새 삶을 시작하는 것을 극구 반대하고 나섰었다. 앙투안은 늘 옷도 잘 입고 몸가짐도 단정한 사람이었다. 20년간 과부로 고독한 삶을 보내고 나서야 그녀는 비로소 다른 삶이 있음을 믿기 시작했다. 미장원에 가서 머리를 자르고 오자 어머니는 그녀를 창녀 취급했다. 그녀는 한 마디 말도 하지 않았다. 사람 좋고 성실했던 그 남자를 더 이상 만나지 않았다. 꽤나 멋쟁이었는데. 원망스러움을 말로 표현할 수 없으니 분명 그 감정이 그만큼 더 깊었을 것이다. 이번에도 그녀는 어떻게 대꾸해야 하는지 알지 못했던 것이다. "그것은 체념에서 비롯된 충일함이었다." 이는 마치 하루도 그녀를 떠나지 않았고 그녀 또한 그 안에서 안주한 듯 보였던 과묵한 이명耳鳴 같았다.

늘 그러듯이 그녀는 창가로 가서 사람들이 스쳐 지나가고, 서로를 부르고, 리옹 가街를 태평하게 건너서는 몸통에 석회를 하얗게 뒤집어쓴 채 열병식과 같이 반듯하게 늘어선 무화과나무 밑으로 사라져가는 모습을 지켜보았다. 주저앉기 일보 직전의 짐수레 뒤를 따라가는 한 무리의 아이들과 긴 전류봉 끝에서 불꽃을 뿜어내는 전차를 물끄러미 바라보았다. "등 뒤에서는 밤이 차곡차곡 내려앉고 있었다. 앞에서는 가게들이 갑작스레 불을 밝혔다. 사람들과 빛으로 거리가 붐벼났다. 그런 광경을 보며 이런저런 생각에 잠겼다." 하루가 저물어가고 있었다. 이제는 더 이상 알베르를 볼 수 없을 것이다. 마지막으로 한 번은 볼 수 있을까? 큰 아들인 뤼시앙과 이 모든 문제를 처리해야 할 것이다. 뤼시앙은 꾸물거리지 않고 그녀를 보러 바로 와줄 것이다.

조카들 쪽으로 몸을 돌리고는 들쭉날쭉한 목소리로 말했다.

"알베르, 담배 너무 많이 피웠어……."

"하지만…… 하지만 그건 차 사고였어요! 그리고 알베르가 운전했던 것도 아니구요."

"맞아…… 그래도……."

"고모, 그건 운명이에요. 알베르가 자동차 안 좋아했던 건 잘 아시잖아요. 빠른 것도 싫어했구요. 차 사고로 죽는 것보다 더 황당한 일은 없다고 늘 말했었잖아요!"

폴과 뤼시엔은 앙상하니 뼈만 남은 왜소한 노인에게로 다가가서 그녀를 꼭 안고는 굽고 튀어나온 등을 다정한 손길로 어루만져주었다. 그리고 그녀가 눈치채지 않게 조용히 그곳을 나왔다. 허망함 속에 너무나 깊이 빠져든 나머지 그 누구도 그녀를 끌어낼 수 없었고 그 속에서 뭔가 달관한 듯 보였다.

그러나 그녀는 다음 날 해야 할 일에 온통 정신이 팔려 있었다. 짐을 챙기고 동네 친구들, 상인들, 알베르의 선생님에게 알려야 했다. 큰아들이 사람들에게 잘 설명할 것이다. 회계원이니까 어떻게 말해야 하는지 알고 있을 것이다. 그러고 보니 아무것도 결정한 것이 없었다. 장례식에 가야 할지 어떨지 아직도 마음을 정하지 못하고 있었다. 비행기 타는 것을 좋아하지 않았고 파리까지 가는 배가 있다고 하더라도 시간이 너무 오래 걸릴 게 분명했다. 문제가 한두 가지가 아니었다.

이상한 생각이 문득 들었다. 기도를 해야 할지도 몰라…… 잠시 그럴까 하다가 "아무도 귀찮게 하고 싶지 않았으므로" 생각을 돌렸다.

아래쪽 길가에서 사람들이 소란스럽게 서로를 불러댔고 꼬마들이 연신 소리를 질러대며 추격전을 벌이는 가운데 낑낑대는 아코디언 소리가 커피 볶는 냄새가 진동하는 공장의 사이렌 소리에 묻혀 희미해졌다. 커피 볶는 냄새가 공장의 인부들이 도로에 쏟아버리는 껍질 벗긴 오렌지 냄새와 뒤섞였다. 사람들은 그 도로에서 각자 자기들이 먹을 디저트 쪼가리를 주워갔다. 이때가 바로 빈민가가 몰려드는 졸음에 맞서 몸싸움을 벌이는 시간이었고, 망각이나 기억상실 속으로 빠져들지 않기 위해 터져나오려는 하품을 억지로 참고 있는 낮에 악착같이 매달리는 시간이었다.

그때 어두컴컴한 속에서 그림자 하나가 모습을 드러냈다. 냉기가 도는 작은 아파트로의 마지막 방문. 등 뒤에 아들이 있는 것 같은 느낌이 어렴풋이 들었다. 어쩌면 알베르가 거기서 바라보고 있는 것인지도 모른다. 분명 어제처럼 "그는 앙상한 어깨의 마른 형체를 보고는 걸음을 멈춘다. 덜컥 겁이 난다. 어머니가 측은하게 느껴진다. 어머니에 대한 사랑인 것일까? 어머니는 한 번도 그를 쓰다듬어준 적이 없었다. 어떻게 해야 하는지 몰랐을 테니까. 그는 그렇게 오랫동안 어머니를 바라본다. 자신이 이방인임을 느끼면서. 비로소 어머니의 아픔을 깨닫는다."

가쁜 호흡

파도가 그의 입에서 나오는 불분명한 문장들을 삼켜버리는
이 해변에서 베베르는 침묵을 배우고 있었던 것이다.

1960년 1월 3일 일요일. 무덤덤하게 채비를 하고 있는 알베르의 마음속에는 웬지 모를 불안의 장막이 드리워져 있었다. 아군만 있지 않은 파리로 향해야 할 때면 항상 그랬다. 지식인들과 함께 있을 때면 "늘 뭔가 용서받아야 할 게 있는 것 같은 느낌"이 드는, 사춘기 때부터 시작된 오래된 반사 반응이었다.

아내 프랑신, 두 아이 카트린, 장과 함께 '프로방스식 송년 파티'를 하고 난 그는 어제 아비뇽 역에서 그들을 배웅했다. 식구들이 기차로 먼저 파리로 출발했고 알베르도 조만간 합세할 예정이었다. 어머니가 여기 식구들과 연말을 같이 보냈으면 좋았으련만 알제를 벗어나길 원치 않으셨던 것이 어쨌거나 못내 아쉬웠다. 크리스마스 며칠 전에 어머니에게 수표와 함께 편지 한 장을 보냈는데 아마 편지는 형이나 이웃 사람에게 읽어달라고 하셨을 게다. 그냥 정성들여 몇 마디 쓴 것이었다. "어머니, 언제나 젊고 아름다우시길 바라며 한결같은 마음 변치마시고 지금처럼 세상에서 가장 선량한 마음 그대로 간직하시길 바랍니다."

글을 쓸 시간조차 없을 정도로 정신없이 손님치레를 했던 연말의 분주함이 지나고 나자, 사람들이 빠져나간 널찍한 집은 다시 한적해졌다. 더 이상 예전처럼 글을 쓰지 못하면 어쩌나 하는 걱정이 다시금 고개를 들었다. 그는 담배에 불을 붙였다가 이내 비벼 꺼버렸다.

노벨상을 받기 전까지는 모든 게 너무나 순조로웠다. 그 상으로 인해 부담만 늘고, 조명을 받게 되면서 그를 비방하는 사람들의 목소리만 부풀린 꼴이 되었다. 그 중에는 파스칼 피아처럼 같은 노선을 걸었던 동료도 있었다. 비판은 상처가 되었고 그러면서 은연중에 의심이 자리잡게 되었다. 글을 쓰기가 더욱 힘들어졌고 순간순간 생각이 떠오르지 않아 불안해하다 지우고 주저하고 종이를 구겨 휴지통에 던져버리고는 다시 펜을 잡고 그나마 글쓰기를 포기하지 않으려고 애를 써야 할 정도가 되어버렸다. 어쩌면 이런 의구심은 나이가 들수록 점점 더 커지는 것인지도 모른다.

적어도 이번 파리 여행에서는 믿을 만한 친구들과 재회하고, 언제나 보면 반갑고 조금이나마 자신감을 북돋워주는 그런 사람들을 만날 수 있을 것이다. 방향을 바꿔볼까, 직업을 바꿔볼까 하는 생각이 드는 요즘 같은 때에는 누가 뭐래도 이런 여행이 필요했다. 하지만 어쨌거나 알제리에 관한, 적대적인 나라로 추방된 가난한 프랑스인 아이들에 관한 서사적이면서 자전적인 소설인 《최초의 인간》을 끝내야 했다. 그는 마치 아메리카처럼 '과격한 교배'에 힘입어 '바람직한 결과물'을 산출할 수 있었던 이 '잡종'에 대해 증언하고 싶은 마음이 그 어느 때보다 간절했다. 이 책과 함께 그의 세 번째 주기가 시작되고 있었다. 부조리의 시간과 반항의 시간이 지나고 사랑의 시대가 오고 있었다.

집필 계획은 여전히 많았지만 카뮈는 앞으로 연극에 더 심취

하고 싶었다. 앙드레 말로 문화부장관이 카뮈에게 극장을 하나 맡겼으면 하는 마음을 갖고 있었다. 그를 설득하기 위해 몇 달 전 미슐린 로장과 함께 타이프로 다섯 장이나 되는 글을 작성했 었다. '새로운 연극을 위한 이론적 제안'이란 거창한 제목이었 다. 이 글에서 카뮈는 그리스 비극, 프랑스 레퍼토리, 영국 연극 과 스페인의 황금 시기의 위대한 고전에 바탕을 둔 현대 연극을 독려하면서 텍스트의 아름다움을 그대로 살려야 하는 필요성 을 주장했다. 1959년 6월 25일자로 장관에게 보낸 이 보고서는 그가 문학과는 거리를 두면서 주장하고 있는 새로운 연극에 대 한 일종의 변호 겸 예시였다.

자신의 말을 아끼기 위해 다른 이의 말을 인용하는 건 어떨 까? 다른 식의 표현 방식을 찾을 필요가 있다는 생각이 들면서 배우…… 영화배우라는 직업을 시도해볼까 하는 생각을 하게 되었다. 피터 브룩의 에이전트이기도 한 미슐린 로장이 마르그 리트 뒤라스의 베스트셀러인 《모데라토 칸타빌레》의 영화 각 색을 맡고 있던 차였다.

프랑스 텔레비전 상영을 위해 피에르 카르디날이 연출했던 카뮈에 관한 영상물 《클로즈 업》의 캐스팅 건을 마무리하려고 모로와 피에르 카르디날이 자리를 같이했었다.

"저 사람이야……."

감독이 잔 모로에게 의향을 묻는 듯한 시선을 던지며 말하자

잔 모로는 "마르그리트만 결정하면 되겠네요."라고 덧붙이며 감독에게 동의하는 의사를 표했다. 두 사람이 모두 카뮈가 가장 적합한 사람이라고 확신한다면, 작가인 조르쥬 셈프렁이냐 기자인 장-자크 세르방-슈라이버이냐를 놓고 주저하고 있는 뒤라스를 설득하는 일만 남은 셈이었다.

"쇼뱅 역에는 카뮈가 완벽하다니까."

카르디날이 흥분하며 말했다.

"외형적으로 잘 맞잖아. 수수께끼 같고 조용한 그런 면은 정말이지 극중 인물에 딱 들어맞는다니까. 그리고 연극을 한 경험도 있어서 다른……."

말을 하다 말고 수화기를 들고는 미슐린 로장에게 전화를 걸어 《이방인》의 작가에게 연락해서 그의 의사를 알아봐달라고 부탁했다. 카뮈는 망설이지 않았다. 그 제안에 매우 기뻐했다. 하지만 무엇보다 우선 《최초의 인간》원고를 끝내야 했다. 8개월 후에는 마무리가 되리라고 생각했지만 시간이 그리 많지 않았다. 제작이 늦어졌으면 하고 은근히 기대해보았다. 하지만 그런 일은 일어나지 않았다. 결국 파리로 가기 위해 루르마랭을 떠나기 전에, 장-폴 벨몽도가 그 역을 맡게 될 것이라는 소식을 들었다. 아쉽다. 파리의 지식인들이 곱지 않은 시선으로 잡아먹으려고 들었을 텐데! 그리고 국제적인 뉴스와 광고가 삽입되어 있는 최신 영화를 보기 위해 동네 사람들이 저녁이나 일요일 오후면 죄다 몰려드는 동네 영화관 록시나 뮈세의 간판에서 아들의 모습을 본다면 어머니가 정말이지 자랑스러워하셨을 텐데. 영화라…… 영화 촬영을 한다면 대단한 성공을 하게 되는 셈일 테고 가족들과 어머니에게는 큰 자랑거리가 될 게 분명했다. 어머니는 다른 사람을 통해 대사를 큰 소리로 전해 들어야 하고 그렇게 전달되는 대사를 때로는 입술의 움직임으로밖에 읽을 수 없다는 문제점이 여전히 남겠지만 말이다. 그가 영화에 출연하는 일도, 영화관에서 어머니에게 대사를 읽어드리는 일도 없을 터였다. 당연한 이야기이지만 영화, 그건 그리 간단한 일이 아니었다.

그런 건 아무래도 상관없었다. 텔레비전 방송을 위한 다른 프로젝트를 검토 중이었다. 《클로즈 업》을 촬영할 때 카뮈는 본인이 글을 써서 대본을 다 외우고, 마치 연기자가 극장에서 관객 앞에서 하듯이 카메라 앞에서 '연기'를 해보였다. 카메라 테스트를 하고 나자 카르디날은 《전락》이 생각난다고 했다. 《전락》에서 주인공인 클라망스는 고백을 한다. 기억과 재구성된 그 기억의 침묵 사이에서 고해하는―저자와 너무나도 닮아 있는―재판관은 말로써 자신의 소심함에 성벽을 두른다. 카뮈가 각색을 제안했는데 배역에 대해서는 이미 생각해놓은 사람이 있었다.

"클라망스 역에는 쥘 베리가 적격일 거예요!"

카르디날은 90분짜리 소형 스크린용 영화를 연출한다는 생각에 아주 들떠 있었지만, 베리를 선택하는 문제에 있어서는 신중을 기하려고 애쓰는 것 같았다. 쥘 베리는 나이가 예순다섯 살 가까이 되는데다 과장되고 기이한 역으로 유명했었으니 말이다.

"내 생각엔 쥘 베리가 극중 인물에는 잘 맞지 않는 것 같은데요. 그 대신에 클라망스에 더 근접한 인물을 찾을 수 있을 것 같은데…… 외형적인 면에서도 말이예요."

"그게 누구죠?"

"당신이오, 당신이 하지 그래요?"

"어…… 괜찮을까요?"

"당연하죠. 당신이야말로 그 역에 제격인 걸요."

"근데 귀가…… 이쪽 귀요. 촬영하기 전에 붙여달라고 해야겠어요! 지금 이대로는 카메라에 잘 받지 않을 것 같거든요! 제 얼굴이 좀 심하게 비대칭인 것 같지 않아요?"

이렇게 사소한 점까지 지적하는 것을 보고 카르디날은 웃었다. 가장 시급한 것은 대본을 써서 제작사를 설득하는 것이었다. 이런저런 이야기가 길어지지 않을까 우려했지만 그저 형식적인 절차였다. 곧바로 합의가 이루어졌고 감독이 각색과 관련해서 세부적인 것에 대해 몇 가지 이야기하고는 카뮈에게 자기와 함께 일차 사전 물색 작업을 하러 가지 않겠느냐고 물었다. 카뮈가 반색을 했다. 쉬잔 아넬리에게 전화를 걸고 나서 카뮈가 감독에게 물색 작업을 위해 암스테르담에서 1~2주 머무르지 않겠느냐는 제안을 했다.

"오는 1월 초로 할까요?"

카르디날이 물었다.

"아주 좋습니다. 1960년 시작이 좋겠는데요."

"당신이 파리에서 돌아오는 대로 하는 거죠? 잘 될 것 같은데요. 당신 작품에는 영혼이 있으니까."

"뭐가 있다구요?"

"영…… 혼이오."

"영혼이란 존재하지 않아요!"

자기와 같은 알제리 태생인 감독과 헤어지면서 카뮈는 신랄한 목소리로 반박했다.

매캐한 담배 연기 속에서 반쯤 눈을 감고 여권, 일기장으로 쓰는 공책, 니체의 《즐거운 지식》 한 권, 교과서용으로 나온 《오델로》 한 권과 사진 몇 장이 들어 있는 검은색 서류가방 안에 《최초의 인간》 원고를 밀어 넣었다. 잠시 머뭇거리더니 신문에서 오려낸 별자리 운세를 마저 집어넣으려다 말고 쳐다보며 웃었다. 다시 한 번 큰 소리로 읽어보았다.

"1960년에서 1965년 사이에 불멸의 작품이 나온다."

신문 조각을 다시 접으며 미소를 짓고는 중얼거렸다.

"나의《전쟁과 평화》가 되겠군⋯⋯."

톨스토이의 경력을 떠올리며 수첩에 적어 놓았던 내용을 보니 "그는 1828년에 태어났다. 서른다섯에서 마흔한 살이었던 1863년에서 1869년 사이에《전쟁과 평화》를 썼다"고 되어 있었다. 카뮈는 머릿속으로 다시 계산을 해보고 나지막하게 안도의 말을 내뱉었다.

"내가 지금 마흔일곱이고 2년 전부터 이 원고를 쓰고 있으니까⋯⋯ 시간상으로는 들어맞는군!"

그는 하행선 표는 이미 써버린 왕복 기차표를 어떻게 처리해야 할지 몰라 머뭇거렸다. 손가방 안쪽 주머니에 표를 넣으며 르네 샤르가 함께 떠나지 못하게 된 것을 못내 아쉬워했다. 같이 여행하면 좋을 텐데⋯⋯, 떠나기 바로 전에 형제 같은 이 시인이 잠시 들렀을 때 카뮈는 자신의 아쉬움을 드러냈다. 헤어지기 전에 자기 이름이 인쇄된 메모지를 꺼내 단숨에 몇 자 적어 친구에게 내밀었다. "샤르는 혼자이지만 소외되어 있는 것이 아니다. 그는 독보적이며 끊임없이 맞서 싸우고 있는 자기 시대와 닮아 있다. 그는 바위처럼 자기 시대를 맞고 있는 것이다."

카뮈는 잠시 돌이 되어버린 듯 꿈쩍도 하지 않고 입이 붙어버린 것처럼 아무 말도 하지 않고 있었다. 이런 침묵은 그를 편안하게 하면서도 한편 불안하게 했다. 밤마다 화석이 되어버리는 사막, 멈춰버린 모래시계의 침묵 속에 굳어버리는 사막의 밤처럼 한기가 느껴졌다. 담배를 한 모금 깊이 빨아들였다. 또다시 저만치 멀어져가는 어머니의 사진을 바라보았다.

비서에게 전화를 걸어 일을 더 받지 말라고 이야기해놓고는 위에 쌓여 있는 편지 몇 통을 정리하면서 돌아오는 대로 바로 답장을 보내리라 다짐했다. 며칠 전에 마리아 카자레스에게 편지를 보내 자기가 파리로 간다는 소식과 함께 다시 만날 수 있게 되어 기쁘다는 이야기를 전했었다. "곧 만나요, 나의 아름다운 여인." 또 다른 봉투를 찾다가 이틀 전에 이미 우편으로 부쳤던 것이 기억나 그만두었다. 행복을 약속하는 문장들 사이에 불현듯 "이건 내 마지막 편지요, 다정한 이에게"라는 이상야릇한 문장이 끼어들어가 있는, 카트린 셸레르에게 보내는 편지였다. 창문 밖으로 시선을 옮겼다. 구름이 끼어 있으니 쌀쌀할 게 분명했다. 스카프, 바바리코트⋯⋯.

그는 지직거리며 스포츠 뉴스를 전하고 있는 라디오를 끄지 않은 채 넓은 집을 나섰다.

"⋯⋯아! 레이싱 팀과 앙제 팀의 만남, 정말 대단한 경기입니다. 비록⋯⋯."

앞부분을 이미 들었기 때문에 경기장이 미끄럽다는 것과 우즐라키, 마흐줍 혹은 볼리니 선수의 등장으로 파리 시민들이 꽉

들어찼다는 것은 알고 있었다.

"스트라스부르그 팀을 상대로 오늘 새로운 기록을 세울지는 미지수입니다!"

이건 루르마랭 청소년팀 감독의 생각이기도 했다. 카뮈는 작은 시립 경기장을 둘러싸고 있는 울타리 근처에서 감독과 이야기를 나눴다. 자기의 대화 상대가 파리 축구 클럽의 열성팬이라는 것을 알고 있는 감독은 잠시 주저하다가 오늘의 다른 주요 경기인 레이싱 대 스트라스부르그 경기에 대해 어떻게 예측하느냐고 물었다.

담배 연기를 내뿜으며 카뮈가 대답했다.

"분명 멋진 경기가 될 겁니다."

"스코어는 어떻게 될 것 같습니까?"

"예측하기 쉽지 않지요……. 하지만 요즘 레이싱 팀 몸이 풀리고 있잖아요. 22경기에서 72골을 넣었으니, 기록이지요! 스타드 드 렝스Stade de Reims 구단에게 비싼 대가를 치르게 할 수도 있어요."

"그럴까요? 코파, 퐁탠, 피앙토니나 종케가 뛴다면…… 몸푸는 정도일걸요!"

"글쎄요, 축구는 스타만 있다고 다는 아니거든요. 싸워야 하는 경기이지요. 그것도 팀으로요!"

"제가 우리 선수들에게 늘 하는 말입니다! 저희 하는 것 좀더 보실 건가요?"

"당연하지요! 나중에 저 아이들이 파크 데 프랑스parc des Princes 구장에서 뛰는 걸 보게 되면, 저는 여기서 이미 아이들을 한눈에 알아봤었노라고 말하고 싶거든요!"

울타리를 훌쩍 뛰어넘어서 준비운동을 하라고 지시하는 감독에게 카뮈는 미소를 지어 보였다. 소년들이 자리에서 일어나 공을 찼고, 자기들의 우상인 랭스나 레이싱 팀 선수들의 유연함을 서툴게나마 재연해보려고 애쓰면서 색이 칠해져 있는 장애물을 요리조리 통과했다. 화면이 흐려졌다. 사람들의 왕래가 잦은 샹 드 마뇌브르Champs de manoeuvre에서 치열하게 경기가 벌어지고 있는 가운데 친구들이 내지르는 고함 소리와 욕설이 점점 더 또렷하게 들려왔다. 머리에 모자를 눌러 쓴 채 카뮈는 집중하며 경기의 모든 흐름을 하나도 놓치지 않고 쫓아가고 있었다. 경험상 공이 갑자기 뒤로 갈 수도 있고 측면에서 혹은 '스핀이 걸려서' 들어올 수 있다는 것을 알고 있었다. 길에서 팀을 나눠 공 모양으로 단단히 뭉친 종이를 가지고 시합했을 때부터 파크 데 프랑스에 있는 듯한 착각이 들던 알제 시립 경기장에서 경기를 할 때까지, 단 한순간도 축구에 대한 열정을 놓은 적이 없었다.

안쪽에 축구 경기장이 있는 경륜장이 점점 넓어지더니 관중석이 고대 그리스 극장 같은 모습으로 변해갔다. 비록 사람들의 입에서 터져나오는 야유와 욕설은 올림픽과 전혀 다른 분위기였지만……. 알제대학의 레이싱 팀에서 같이 뛰었던 친구들은 그를 '베베르'라고 불렀다. 정말이지 베베르가 골키퍼의 자리를 원했던 것은 아니었다. 그의 혈기대로라면 포워드에서 뛰고 싶었다. 하지만 친구들이 판단하기에 조용하고 허약한 이녀석에게는 골문 앞자리가 더 나을 것 같았던 모양이다. 무슨 상관이랴! 그는 그 자리가 대단히 중요한 위치라는 것을 곧 깨달았다. 경기의 흐름을 쫓을 수 있었고 앞으로 일어날 일들을 예측할 수 있는 자리였다. 마지막 공격이 어떻게 이루어질 것인지까지 예측할 수 있었고, 그 공격이 끝날 때까지 그는 절대 침범당하지 않도록 골문을 지키고 있었다. 그 위치가 마음에 들기도 했다. 왜냐하면 경기를 예측하는 데만 정신이 쏠려 있어서 침묵 속에서 경기를 분석하는 만큼 외롭기도 했지만, 그만큼 팀과 결속되는 느낌이 들기도 했다. 그러나 "공은 절대로 예측한 방향에서 오지 않는다는 것을 곧 알게 되었다. 그것은 내가 인생을 살아가는 데, 특히나 사람들이 솔직하지 않은 파리에서 사는 데 도움이 되었다."

할머니가 네 명의 군식구들 위에서 절대 군주로 군림하고 있는 작은 아파트로 돌아올 때면 꼭 신발 검사를 받아야 했다.

"들어봐!"

할머니는 위협적으로 검지를 쭉 뻗으며 명령을 하셨다. 아이는 의자에 앉아서 할머니가 신발을 검사하실 수 있도록 흰 다리를 들어올렸다.

"더 높이! 더 잘 보이게! 자꾸 그늘 쪽으로 숨기지 말고……."

그때 언뜻 할머니의 눈에 지나치게 깊이 파인 작은 홈집 하나가 눈에 띄었다. 비정상적인 마모 자국으로 인해 신발을 꺾어 신고 축구를 했다는 사실이 들통날 수도 있는 순간이었다.

"신발이 얼마나 비싼지는 잘 알고 있을테지!"

물론 그 사실을 잘 알고 있는 꼬마는 고개를 끄덕였는데 보도 가장자리에서 신발을 '손질하기' 전에 시멘트 벽에 교묘하게 문지름으로써 할머니를 또 속아 넘겼다는 것에 마냥 신이 나 있었다. 할머니가 신발을 검사하는 동안 그의 얼굴에서 미소가 떠나질 않았는데, 이런 모습은 어른을 공경하는 마음이 없는 거라고밖에 생각하지 않는 할머니를 화나게 만들기 일쑤였다.

"뭐가 좋아서 흥얼거리는 게냐!"

"아무것도…… 안 흥얼거리는데요……."

"흠…… 아니야, 분명히 뭐라고 중얼거리는 것 같은데……."

할머니가 소 힘줄로 만든 채찍을 정리하는 동안 어머니는 음절이 정확하지 않은 목소리로 아이에게 감기에 걸리지 않게 빨리 몸을 말리라고 했다. 어머니는 한 번도 축구 경기에 대해 묻지 않았다. 같이 살고 있는 벙어리 삼촌이나 형하고밖에 나눌 수 없는 그의 열정에 대해 어머니는 눈곱만큼의 관심도 보인 적이 없었다.

시간의 변화에 따라 거실, 사무실, 침실, 그리고 늘 기표소의
역할을 했던 그 공간 속에서 그의 내면은 퇴색해갔다. 거리의
소음은 이제 웅웅거리는 소리에 지나지 않았다. 글을 쓴 공책
한 장을 구기는 소리, 비누로 정성들여 닦은 타일 위에서 찍찍
끌리는 발소리, 수도에서 규칙적으로 물이 떨어지고 있는 개수
대에 냄비를 던지는 소리 등이 거리의 소음에 묻히는 경우는 단
한 번도 없었다.

카뮈가 손뼉을 쳤다. 골이 들어갈 뻔한 상황에서 루르마랭 팀
의 공격수 한 명이 멋지게 막아낸 것이다. 카뮈는 새 담배에 불
을 붙였다. 언제나처럼 담배 연기를 최대한 길게 그리고 깊게
들이마셨다. 담배 연기는 찢어진 상처를 달래는 동시에 그 고통
을 증가시켰다. 담배 연기를 들이마실 때마다 차가운 외피 속의
강렬한 온기가 주는 묘한 기분을 느껴보려고 했다. 아르스날이
나 사블레트 해변에서 뼛속까지 파고들어 기절할 정도로 현기증
이 느껴지던 차가운 물속으로 단번에 뛰어들어 수영할 때 온몸
이 후끈 달아오르면서 부르르 떨리던 그 느낌. 마치 공중으로 흩
뿌려지는 유리별처럼 해변과 모래 언덕에 바람이 불면 입속에
뭔가 가득 들어차고 움직일 수도 말을 할 수도 없는…… . 무슨 말
을 한단 말인가?

알베르는 은은한 취기가 올라오는 것을 느꼈다. 취기로 인해

세상과 시간으로부터 분리되는가 싶더니 쉴새없이 배우의 즉흥적인 재치에 대해 재잘대며 배우라는 직업이 얼마나 험난한 것인지 상상하는 데 온통 정신이 팔려 있던 소년 시절로 돌아갔다.

특히나 치열했던 경기에서 감기에 걸린 바로 그날 느꼈던 것과 똑같은 감미로운 거북함이 느껴졌다. 태양이 그의 운명의 문을 세차게 두드리면 좋았으련만, 그 연약한 몸을 휘젓고는 바로 빠져나가버렸다. 태양의 신이 무슨 소용이랴. 가난한 이들의 병이 가슴 한가운데로 파고든 것을……. 결핵 때문에 숨을 제대로 쉴 수도 없었고 약해진 폐로 인해 입에는 재갈이 물려졌고 쉴새없이 기침이 나오더니 입에서 쏟아져 나오는 피 때문에 말을 할 수가 없었다. "죽음은 소리 없이 엄습하고 피는 조용히 흐른다"고 오델로가 그의 관자놀이에 대고 소리쳤다. 붉은 습포와 가래가 보일 때도, 입원해서 치료받고 완치되었던 무스타파병원에서 혼수상태에 빠졌을 때도 그랬다. 하지만 '궤양성에다 건락성까지 진행된 우측 폐결핵을 치료하기 위해서는 휴식과 인공기흉요법, 육류 위주의 충분한 영양공급이 필요' 하다는 레비-발랑시 선생님의 처방전 앞에서는 어찌해볼 도리가 없었다. 벨쿠르에 있는 가족은 너무나 가난했던 것이다. 할머니는 정육점 주인한테 가서 말해봐야겠다고 말씀하시고는 빈민가를 나와 아코 삼촌을 찾아갔다. 삼촌은 미슐레 가街에서 정육점을 하고 있었는데 멋진 동네인 랑그독 가 근처의 꽤 비싼 아파트에 살고 있었다.

"문제없어요. 우리 부부에겐 아이도 없잖아요. 알베르는 우리 아들이나 마찬가지죠"

라고 삼촌은 말했다.

카뮈의 가족은 신의 처벌이나 천재지변을 믿지 않았다. 삶은 고난의 연속이었다. 가난하면 그런 역경은 더 많아지지만, 그렇다고 신음하거나 우는 것은 자신의 나약함을 천하에 드러내는 것일 뿐 아무런 도움이 되지 못했다. 자신의 고통뿐 아니라 초라한 행복의 입을 막으면서 끝까지 싸우고 이를 악문 채 계속 앞으로 나가야만 하는 것이다. 밖으로 내뱉지 못한 말, 헛된 연민뒤에 갇혀 감정을 밖으로 드러내지 않던 어머니, 다시 닫히곤 했던 문들이 아직도 알베르의 기억 속에 남아 있었다. "처음으로 엄청난 양의 피를 토했을 때 어머니는 전혀 무서워하지 않았다. 물론 걱정은 하셨지만 가족 중에 누가 머리가 아프다고 할 때 감정이 있는 사람이라면 누구나 하는 그저 그런 정도의 걱정을 내비쳤을 뿐이었다." 어머니는 뭔가 말하려고 했지만 여전히 해야 할 말을 찾지 못했다. "그래도 넌 아직 살아 있잖니 그게 가장 중요한 거란다"라는 말을 하고 싶었을지도 모른다. 어머니는 뒤돌아서서 웅웅거리는 난청의 삶으로 오그라든 채 소리 없이 눈물을 흘리곤 했었다. 하지만 그는 그런 사실을 전혀 알지 못했다.

그도 어머니를 안심시키고 걱정을 덜어드리려면 무슨 말을 해야 하나 고심했다. 어머니가 속으로는 아들이 어떻게 될지, 치료비는 얼마나 들지, 다른 식구들에게 병이 옮는 건 아닌지 등 걱정이 많다는 것을 잘 알고 있었다. 의사가 어머니에게 그 모든 문제에 대해 설명해줬지만 어머니는 잘 알아듣지 못했다. 자신이 귀머거리라는 사실이 창피했으므로 그 사실을 숨기기 위해 늘 하듯이 고개를 끄덕였는데, 전문가의 근엄한 시선에 반응하기 위한 어머니의 그런 태도는 어색하기만 했다. 하지만 알베르는 곧 죽음이 자신을 찾아 올 것이라는 사실을 알고 있었다. 그게 두려워서 그는 죽음의 공포를 외면했다. 그때부터 그는 자신의 병을 부정하기 시작했고 '형이상학적 질병'의 대열에 밀어 넣어버렸다. '나을 수 있다. 낫기를 바라기만 하면 된다'는 말을 굳게 믿고 있었기 때문이다. 오늘도 소년들이 태양 아래에서 예전과 마찬가지로 활기차게 공을 차고 뛰면서 땀을 뻘뻘 흘리는 모습을 보니 씁쓸함이 느껴졌다.

자신의 추억을 남겨두고 아이들 곁을 떠나야 하는 것이 조금은 아쉬웠다. 깡통 하나를 걷어차며 큰 소리로 중얼거리는 자신의 모습에 카뮈는 스스로 놀랐다. "미어터질듯 사람들이 들어차 있는 경기장에서 펼쳐지는 일요일의 축구경기와 내가 더할 나위 없이 좋아했던 연극이야말로 지금도 이 세상에서 내 자신이 순수하게 느껴지는 유일한 장소지."

바바리코트의 깃을 올리고 허리띠를 조이고도 몸이 부르르 떨리자 머플러를 다시 여미고는 감독과 어린 선수들에게 크게 손인사를 했다. 왼발로 깡통을 차자 인도 위를 데구르르 굴렀다. 그러자 시간이 몇십 년 전으로 거슬러 올라갔다. 뤼아 팀이 승리를 거둔 날이었다. 선수들은 헤어지기 전에 자기 팀의 전투가를 목이 터져라 불러대며 마린 구역의 골목길을 올라가고 있었다. 몇 구절은 아직도 기억에 생생했다. 보폭을 넓히며 자기도 모르게 노래를 흥얼거렸다.

……잘록한 허리에 동그란 젖가슴을 가진
열여섯 살에서 백칠 살에 이르는 숫처녀와
아름다운 흰 담요 밑에서 뒹구는 건
정말 죽이지! 죽이지! 죽이지!
그게 바로 인생, 인생, 인생, 아름다운 뤼아의 인생!
그게 바로 뤼아 선수들의 인생이라네…….

골키퍼를 막 피해간 자동차 한 대가 울려대는 경적 소리에 카뮈는 몽상에서 깨어났다. 나쁜짓을 하면서 현장에서 걸리지 않을까 걱정하는 아이처럼 주위를 두리번거렸다. 몇몇 마을사람들과 인사를 나눈 후 자신의 이름을 내건 간판을 달고 호텔 겸식당을 경영하는 올리에 부인과 이야기를 나눴다. 또 정기적으로 들러서 점심을 먹고 때때로 텔레비전에서 방영하는 축구경기를 보기도 하는 오르모 바의 주인인 폴레트에게도 친근하게 인사를 건넸다.

좀더 길을 걸어가자 인부 몇 명이 작업을 하고 있었다. 그는 가던 길을 멈추고 악수를 나눈 후 그들 중 한 명과 알제리식 프랑스어 말투와 몇 개의 아랍어 관용구를 섞어가면서 대화를 나눴다.

"안녕하세요? 아카르비! 일요일에도 일해요?"

"수도관이 깨져서요……."

"그런 거라면 어쩔 수 없겠군요. 목마른 건 배고픈 거랑 같지요."

"근데 말이오, 그건 언제나 멎을 것 같수?"

다른 인부가 이마를 닦으며 물었다.

"뭐가요?"

"이런저런 일들 말이우. 알제리에서 일어나는!"

"아! 그건 뭐라고 말하기 어려운 이야기인데요……."

"일찍 끝날수록 더 좋지. 우리 가족이 모두 거기 있단 말이오. 그리고 난 행여나 우리 식구들이 테러를 당하지 않을까 걱정이 태산이라우."

"이해합니다. 제 어머니도 알제에 계시거든요. 벨쿠르에요."

"세상에, 난 바로 옆에 있는 함마에서 왔다우."

"거기 잘 알지요. 제가 어렸을 때 사블레트로 헤엄치러 가곤 했었거든요. 아시죠……, 양들이 지나는 길 반대편에서 자르뎅 데세를 따라 내려가면 있잖아요."

"나도 사블레트는 눈감고도 훤하다우. 나도 자주 갔었거든. 근데 저기, 댁의 집이 이렇게나 좋은데 어머니는 왜 거기 계시는거유?"

"그렇게 됐습니다. 동네를 떠나고 싶어하지 않으셔서요. 그 곳이 익숙하신데다 친구분들도 계시고 장사하는 분들과도 다 아시니까요. 아무리 설득해도 안 되더라구요. 모셔와서 여기에 사시면 얼마나 좋은지 보여드렸지요. 조용하고 편하고 안전하고. 그런데도 전혀 소용이 없더라구요! 당신의 작은 아파트가 더 좋다고만 하시고……. 그러니 어쩌겠어요? 도리가 없어요!"

"신의 가호가 있기를!"

"아카르비, 난 신한테 별로 기대하는 거 없어요. 자! 그럼, 수고하세요. 살람!"

넓은 집의 문을 들어서자 알베르는 안식처로 돌아온 느낌이 들었다. 어쨌거나 관계를 지속하고 싶은 이 세상과 단절된 느낌. 세 발자국도 옮기기 전에 고양이 롤리타가 쓰다듬어 달라며 그의 발에 몸을 비벼댔다. 그러자 이번에는 딸 카트린을 즐겁게 해주기 위해 알제리에서 들여온 암탕나귀가 집의 저쪽 끝에서

울어대며 아는 체를 하면서 그의 손길을 기다렸다.

"이런 모습을 보면…… 남들은 내가 사색하거나 집필할 시간이 있다고 생각하겠지!"

큰 소리로 웃으면서 그는 롤리타를 팔에 안았다.

어머니에 대해 생각했다. 옆에 가까이 계실 수 있을 텐데. 훨씬 나은 환경에서 훨씬 편안하게 사실 수 있을 텐데. 그리고 라디오나 신문, 정기적으로 전화 통화하는 친구들을 통해 그쪽으로부터 들려오는 소식으로 인해 불안해하지 않아도 될 텐데. 그의 마음은 리옹 가로 날아갔고, 겨우 스물두 살에 썼던 《안과 겉》에 전사되어 있는 기억의 편린들을 되새겨보았다. 지금 작업하고 있는 원고가 완결되어야 하나의 고리가 매듭지어진다는 것을 그는 알고 있었다. '결코 그 책을 읽지 못할' 어머니에게 이미 헌정한 그 원고 말이다.

그의 기억들은 소용돌이 속에서처럼 끊임없이 움직이거나 갑작스레 마구 흔들리며 언제라도 튀어나갈 태세인 용수철 속에 갇혀 있었다. 시간과 기억의 태엽을 감는다고 해서 피로 움직이는 시계의 쿵쿵거림에 맞춰 관자놀이에 느껴지는 맥박이 멈춰지지는 않았다. 그는 "현재를 정확히 파악하고 자기 자신의 중심을 찾아 유지하도록 노력"해야만 했다. "언어를 구축하고 신화에 생명을 불어넣기 위해 그렇게 노력했음에도 불구하고 만약 언젠가 내가 《안과 겉》을 다시 쓰지 못한다면, 앞으로는 두 번 다시 어떤 글도 쓸 수 없을 것이다. 이것이 바로 나의 보잘것없는 신념이다. 어쨌거나 무엇이든 해내고 말리라는 나의 꿈을, 한 어머니의 존경할 만한 침묵과 그 침묵에 내재해 있는 사랑이나 정의를 되찾으려는 한 남자의 노력을 다시 한 번 이 작품의 중심에 놓으리라는 나의 구상을 방해하지 못한다."

펜 끝에서 단어들이 달아나버리는 것 같은 요즘, 그는 지금까지 쓴 자신의 작품 속에서 결국은 무언증에 갇혀버리고만 어머니가 (다시) 말을 할 수 있게 해주고 싶었던 것임을 그 어느 때보다 절실히 깨달았다. 입이 무거운 이 여인을 대신하여 할 수 있는 단 한 마디만이라도. 그 여인의 무거운 입에서 사랑의 뿌리를 발견하는 법을 그는 알고 있었다. 글을 쓴다는 명목으로 대화라는 기적을 일궈보고자 그는 잉크로 문장에 침이 흐르게 했다. 결코 읽지 못할 이 여인을 위해 수시로 빈민가의 일상에서 이야기를 가져다 썼다. 그것을 알고도 단 한 번도 싫증내지 않고 어린 시절을 보낸 고향 땅을 펜으로 일구었다. 그가 언제까지나 고아로 남을 그 고향 땅을……

"난 그렇게 알제리와 오랜 인연이 있으며 그 인연은 절대 끝나지 않을 것이다. 그리고 그 인연으로 인해 알제리에 대해 내가 명철한 통찰력을 갖기란 쉽지 않은 일이다."

돌, 단어, 바다의 조약돌, 정신이 온전치 못한 어머니……. 광활한 아르스날 해변에서 고대 연극에서처럼 품위 있게 과장된 몸짓으로 걷고 있는 모습을 반 친구들한테 들켰던 9월의 어느 날 오후가 떠올랐다.

"베베르가 돌았나 봐! 와서 쟤 하는 짓 좀 봐……."

아이들은 작은 모래 언덕 뒤에서 꼼짝도 않고 골키퍼의 이상한 행동을 지켜보고 있었다. 성큼성큼 걸으며 시구를 읊조리고 있었는데 아무도 그가 무슨 말을 하는지 알아들을 수 없었다. 이유인 즉, 데모스테네스(Demosthenes, 고대 그리스의 웅변가이자 정치가)처럼 그가 입안 가득 조약돌을 물고 있었기 때문이다. 친구의 괴기스런 행동에 어안이 벙벙해진 아이들은 "머리에 생긴 병" 때문이라고밖에 이해할 수 없었는데, 그 중에 가장 신중한 조르주는 "불쌍한 베베르를 치료하려면 할머니가 사발과 솜과 기도문으로 머리 치료를 하는" 게 시급하다고 결론지었다.

반 친구들이 몰래 보고 있다는 사실을 잠시 후에 알게 되었지만, 그건 그에게 그리 중요하지 않았다. 알베르는 단어들이 입에 물고 있던 조약돌의 벽을 넘어가도록 애를 쓰며 크게 낭독했다. 아무런 소리도 내지 못하고 돌을 내뱉어버리지 않으려고 안간힘을 썼다. 가장 힘든 것은 돌을 통제하는 것, 혀와 돌이 혼연일체가 되어 자유자재로 움직이게끔 하는 것이었다. 결핵에 걸렸을 때 나던 소리와 똑같은 꾸르륵거리는 소리가 아직은 분명치 않은 음절로, 어머니가 내는 그런 발음처럼 어렵사리 변해갔다. 알베르는 그 소리에 익숙해져갔고 자기 자신이 내는 소리를 거울 삼아 어머니가 소리를 삼켜버리는 방식으로 자신의 언어를 표현함으로써 마침내 그 소리들을 구별할 수 있게 되었다. 말을 하고 싶을 때조차도 어머니의 말들은 결국 체념의 벽을 넘지 못하고 있었다.

파도가 그의 입에서 나오는 불분명한 문장들을 삼켜버리는 이 해변에서 베베르는 침묵을 배우고 있었던 것이다.

회상에 잠겨 있는 그를 깨운 것은 집 안 정리에 여념이 없는 충실한 가정부 지누 부인이었다.

"코피 소식 들으셨어요?"

"무슨 일 있어요?"

"병으로 죽었다던데……. 무슨 병이라더라…… 장티푸스라든가, 말라리아라든가……."

"요즘엔 특히나 유명인들이 많이 죽는군요?"

그는 테라스에서 갈색 기와지붕들이 약간의 열기라도 되찾으려는 듯 촘촘히 붙어 있는 마을 쪽을 마지막으로 바라보았다. 자연, 역사, 아름다움과 늘 그렇듯 하나가 되어 혼례를 치르느라 "격정의 몸부림이 절정에 달하는 순간, 영혼 속에 거대한 침묵이 자리잡는 바로 그 순간" 티파사의 허리춤에서 헐떡이는 슈누아 산처럼 나른해져 있는 언덕의 친숙한 파노라마가 펼쳐졌다. "그런 침묵은 소리나 감정의 부재가 아닌 가득 들어차 있는 상태"라는 것을 안 지 오래였다. 그 침묵과 융화되기 위해서는 단지 손을 내밀어 산등성이를 가볍게 쓰다듬으며 물속에, 시간이 깎아놓은 바위 속에, 용설란 속에 그리고 도로 위로 관모를 내미는 꽃 속에 녹아 있는 이 땅의 꿈틀거리는 포근함을 느끼면 되는 것이었다.

바다, 돌, 어머니…… 언제나 제한된 시간. 그리고 말의 사용법을 모르거나 서툰 이들을 위해 말을 전하며 보낸 인생. '매일매일 나에게 나의 무지와 행복을 가르쳐주는 내 안의 신비한 목소리가 나에게 말하는 것 말고 대체 입술 없는 그 입으로 무슨 말을 할 수 있단 말인가…….'

묵직한 현관문을 닫으면서 그는 며칠 전부터 감기로 고생하고 있는 지누 부인에게 빨리 낫기를 바란다는 말을 건넸다.

"몸조심하세요! 일주일, 길어야 하루 더 집을 비울겁니다. 우린 아직 할 일이 많잖아요. 부인만 믿습니다……."

알제리에 느끼는 고통

다른 사람들이 폐에 통증을 느끼듯이
난 알제리에 통증을 느낍니다……라는 문장을
백 번이고 천 번이고 써보내고 말할 수 있었다.

카뮈에게 유쾌하게 인사를 건네면서 미셸은 그가 온통 다른 곳에 정신을 팔고 있음을 느꼈다. 오랫동안 글을 쓰고 난 탓에 압지가 잉크를 흡수하듯 삼켜버린 단어들로 인해 말이 턱없이 줄어서 그렇겠거니 생각했다.

"잘 지냈나?"

"그럼! 안녕하세요, 자닌⋯⋯. 오! 나의 아름다운 아누슈카, 볼 때마다 더 예뻐지는구나!"

알베르는 친구이자 출판업자인 미셸 갈리마르와 그의 아내 자닌과 그의 딸 안느를 정겹게 껴안으며 인사를 나누고는 안느의 팔을 잡고 여전히 웅웅거리고 있는 차 쪽으로 앞장섰다.

기분도 달랠 겸 또 까다로운 문제 — 글이나 알제리 같은 — 에 관한 이야기도 피할 겸 미셸은 자기가 유난히 좋아하는 자동차 이야기를 꺼냈다. 그 중에서도 특히 그들이 타고 여행할 웅장한 하얀색 리무진에 대해서 자랑을 늘어놓았다.

"봤나, 알베르. 이건 파셀 베가 3B야. 현재 세계에서 가장 빠른 모델이지! 253마력에 크라이슬러 모터가 장착되어 있어서 스위스 시계처럼 정확해. 보석이라구! 맞춤, 그 이상이야!"

여기에서 그치지 않고 압축률, 회전력, 배기량에 따른 과세課稅, 마력에 관한 여담으로 넘어갔다. 기술적인 주제들로 이야기가 길어지자 카뮈가 손을 크게 내저으며 끼어들었다.

"이거 비행기야, 자동차야?"

"둘 다라네, 친구⋯⋯."

이렇게 으시대면서 미셸은 대형 자동차의 기술에 관해 다시 설명하기 시작했다.

"알았다구, 알았어!"

기계에 대해 별 관심이 없는 카뮈가 조심스레 되받았다.

"가다가 잠시 식사를 하려고 하는데. 괜찮겠습니까, 여러분?"

카뮈는 그저 성의 없이 고개를 끄덕였다. 특별히 미식가도 아닌데다 고급 요리를 즐기는 편도 아니고 별이 붙어 있는 좋은 식당에서 음식을 먹으려고 우회도로를 택하는 그런 부류의 사람도 아니었다. 그에게 최고의 조리법은 굵은 소금을 친 쇠고기 요리였다. 어쩌면 고기를 먹던 추억과 할머니가 삼촌이 시골에서 가져온 큼지막한 고기 한 덩어리와 뼈에 야채를 넣고 끓인 포토프를 식구들이 다 함께 먹던 특별한 날에 대한 추억 때문이었을 것이다. 잊을 수 없는 그 포토프 맛과 기억은 프루스트의 마들렌에 대한 추억에 가히 비길 만한 것이었다. 미셸은 물러설 기세가 아니었다.

"샤퐁팽에 있는 마담 블랑네에 예약을 해놨다구⋯⋯. 그리고 거기에 방도 잡아놨어. 재밌을거야⋯⋯."

"아이고! 대단한 여정이 되겠구먼!"

"투와세로 들어가려면 대충 350킬로미터 정도 되는데, 마콩까지는 길이 좋아. 그 다음에는 샬롱, 솔리외, 그리고 아발롱과 오세르를 거치지. 부르고뉴 지방을 가로질러 갈거라네. 날씨가 화창할 때는 전망이 아주 좋아. 일기예보에서 날씨가 갠다고 했으니까 풍경 좀 볼 수 있을 거라구. 지금이…… 10시군! 오후 늦게 쯤에는 도착할 수 있을 거야. 그 전에 오랑쥬에 잠시 들러서 배를 좀 채우자고."

"완벽하군! 근데 잠깐 캉푸로 돌아가도 될까? 내 친구 마티유 네 식구들한테 인사도 좀 하고 내가 돌아오면…… 다시 볼 수 있을 거라고 이야기기해주고 싶어서. 늦어도 일주일 후에는 말이지."

"그게 뭐 어려운 일이라고."

"내 트렁크 좀 실어도 될까?"

"당연하지. 그 가방은?"

"아니……, 이건 들고 탈 거야."

"앞에 타실래요?"

자닌은 카뮈의 대답을 듣기도 전에 딸 안느와 조그만 하얀 털북숭이 개 플록과 함께 뒷좌석으로 쑥 들어갔다. 알베르는 좌석을 앞으로 당기면서 친한 사람들과 함께할 때면 자연스럽게 나오는 알제리식 프랑스어 억양을 약간 섞어가며 미셸에게 말을 건넸다.

"자네 차의 계기판은 제트기 수준인데, 승차감은 로비고의 소형 기차 3등칸 같군."

"농담이겠지! 자, 출발합니다!"

오랑쥬에서 점심을 먹는 동안 알베르는 걱정하는 기색을 전혀 내보이지 않았다. 간단히 식사를 마치자 가족이나 세상 돌아가는 것에 대한 가벼운 대화가 오갔다. 서로가 알제리 전쟁이나 미래, 글에 관한 이야기는 피했다. 너무나 많은 이야깃거리들이 불안이란 장 속에 처박혔다. 카뮈는 포도주를 마시지 않았다. 파리에서 지낸 몇 년 동안 좀 과하다 싶을 정도로 술을 마신 탓에 몇 달 전부터 마시지 않기로 결심한 터였다. 그 후로는 커피를 좋아하게 되었는데 어떤 날은 엄청나게 마시곤 했다. 피곤과 지루함이 얼굴에 나타나 있었지만 긴장은 풀려 있는 듯했다.

"괜찮아?"

침묵이 이어지는 게 불편한지 미셸이 물었다.

"괜찮아……. 내가 무슨 불만이 있을 수 있겠어? 모든 게 다 잘되고 있는데. 노벨상에다 출판도 잘 되지, 어디에도 없는 출판업자에. 파리의 정글에는 나를 부러워하는 사람들이 수도 없이 많을 텐데 말이야."

"그렇겠지……. 뭐 좀더 들겠나?"

"젊음의 혈기 약간……. 아참, 그건 메뉴에 없지!"

미셸은 자신이 더 이상 카뮈 쪽을 바라보지 않은 채 그의 이야기를 듣고 있음을 문득 깨달았다. 지중해 출신임이 드러나는 발음 때문에 카뮈의 목소리에는 무감각한 어조와 아주 특이한 억양이 배어 있었다. 거의 밋밋하고 단조롭고 무표정한 목소리. 끊임없이 자신의 감정을 제어하려는 듯한 그런 목소리.

미셸은 카뮈를 잘 알고 있었다. 젊었을 때는 파늘리에에 있는 요양소에 같이 있기도 했었다. 그가 의기소침해져 있는 것이 현재 파리 문학계에서 겪고 있는 문제 때문만은 아니라는 것은 분명했다. 그런 상황은 알제리, 자신의 뿌리,《최초의 인간》과 실랑이를 벌이고 있는 카뮈의 심연 속 혼란을 가중시키고 있었다. 지금은 없는 그리고 잊혀진 《최초의 인간》은 그에게 자신을 들여다보는 긴 여행을 강요했고, 끊임없이 어머니의 얼굴을 들이밀었다. 여전히 그리고 늘 그곳에 계신 어머니. 그가 결코 접근할 수 없을까 봐 두려운 그 절대성을 집요하게 지키고 있는 어머니. 시간이 지날수록 어머니는 더 초연해보였고, 이상하게도 그는 점점 더 죄의식을 느꼈다. 자기 자신이 쓴 글에 대한 죄의식이었을까?

그는 이렇게 기이한 용서를 구하며 살고 있었다. "단 한 사람만이 날 용서할 수 있었어요. 하지만 난 한 번도 그 사람에게 죄를 지은 적이 없었고 내 마음을 그에게 전부 다 주었어요. 그렇지만 난 그에게 갈 수도 있었어요. 그렇게 한 적도 여러 번이었지만 그는 죽었고 나는 홀로 남았어요. 어머니만이 그렇게 해줄 수 있지만 어머니는 나를 이해하지 못하고 내 글을 읽지 못하시지요. 그래서 나는 어머니에게 말을 하고 글을 쓰는 거예요. 어머니에게요. 어머니한테만요. 그리고 그것이 끝나고 나면 난 부연 설명 없이 용서를 빌 테고 그러면 어머니는 나에게 미소를 지어주시겠지요……."

안개비가 계속 내리는 가운데 그들이 다시 길을 나선 것은 오후 2시가 좀 안 되어서였는데 서로 말을 아끼는 분위기가 미셸은 금세 버겁게 느껴졌다. 그는 그날 저녁 식사에 대해 말을 꺼냈고, 특히 열여덟 살을 맞게 된 안느를 위해 파티를 하면 어떻겠느냐며 대화를 유도했다.

"정말 좋은 나이구나! 그래 네 부모님은 언제 널 무대에 서게 해주신다니?"

안느 쪽으로 몸을 돌리며 카뮈가 물었다.

"어림없는 소리!"

미셸이 대꾸했다.

"연극배우……그건 직업이 아니라구요, 선생!"

네 명이 한꺼번에 크게 웃어대는 바람에 잠들어 있던 강아지가 화들짝 깨서 짖어대기 시작했다.

"보게나, 알베르. 플록도 내 의견에 동의하잖아!"

"당연하지, 그게 개의 본성이니까! 어쨌든 안느가 바칼로레아를 보고 나면 극장에 오게 될 거야. 배우로서 말이야. 내 단언하는데 저 아인 재능이 있다구. 안 그래? '그리고 모든 걸 정리할 수 있는 말들을 내가 찾아내고 말겠어.'"

"카뮈 아저씨, 부정행위하시네요."

안느가 장난기 가득한 모습으로 반박했다.

"그건 아저씨 말이 아니잖아요. 얀이 한 말 같은데요."

"브라보. 《오해》에 나오는 말이지. 이 꼬마 숙녀 대단한데. 위대한 작가들을 알고 있다니 말이야."

카뮈는 맞장구를 치며 장난치듯 대꾸했다. 그럼에도 일행의 눈을 속일 수는 없었다. 모두 그가 애써 쾌활한 척하고 있음을 느꼈다. 오랜 침묵이 흐른 뒤 그는 라디오에서 이제 막 방송된 뉴스 내용을 화두로 전혀 다른 이야기를 하기 시작했다.

"드골이 실시하는 국민투표라……. 처음엔 평화를 제안하기 위한 거였지. 그리고 장교들을 만나 알제리에서는 절대 알제리 민족해방전선의 국기가 나부끼는 일은 없을 거라고 약속했었고. 하지만 그 다음 달에 알제리인들의 자주적 결정권을 위한 운동을 벌였지. 그것도…… 국민투표로 말이야! 며칠 전 신년 인사를 하면서 알제리에 평화의 길이 열렸으며 알제리 국민들이 자유롭게 보통선거를 실시할 수 있을 것이라고 하더군. 이건 그가 말한 그대로야. 알제리 사람들은 누구의 간섭도 받지 않고 자신들의 운명을 결정할 수 있을 거라는 사실을 강조했지. 그런데 민족해방전선과 함께라니 놀랄 일이야!"

"왜 그런 거지? 지하 독립운동을 펼치고 있는 건 그들이잖아."

"글쎄. 하지만 독립운동을 어디 그 사람들만 하나……. 처음부터 그들은 메살리 하지(Messali Hadj, 알제리의 정치가이며 알제리 독립의 정신적 지도자)가 밀고나갔던 대의와 전투를 찬탈했던 거지. 메살리 하지는 달랐어. 그에게는 알제리의 모든 거주자들이 참여하는 진정한 조직을 만들고자 하는 참된 의지가 있었거든."

"어째서?"

"이집트가 전투를 몇 달씩이나 앞당긴 걸 보면 민족해방전선 사람들을 도구로 삼았던 거라고. 민족해방전선은 범아랍주의라는 카드를 택했지만 미래에 대해서는 그렇게 우려하지 않는단 말이지. 그리고 우리가 협상을 벌이려고 하는 상대가 바로 그 사람들이라구. 그 사람들은 자기들의 이익을 위해서만 독립을 쟁취하길 원하지. 그건 슬픈 역사적 오류야. 국제연합과 프랑스가 대화 상대를 잘못 고른거라구. 의도적인 선택이었을까, 아닐까? 그건 두고보면 알겠지. 확실한 건 이미 때가 너무 늦었다는 거야. 아무래도 조짐이 좋지 않아. 우리에게나 아랍사람들에게나."

"하지만 국민투표를 한다는 건 그래도 좋은 징조잖아……."

"유럽 사람들한테는 아니지. 국제연합이 인정하고 나니까 반

정부 세력이 새로운 위상과 진정한 정당성을 갖게 됐잖아. 그들은 독립성을 갖게 될 거라구. 국민투표를 하더라도 말이지. 물론 그러면 더 득이겠지만. 그건 산술적인 거야. 그들은 우리보다 9배나 사람이 많다구…… 그들 중 일부가 프랑스 사람으로 남기를 바란다 하더라도 대부분의 사람들은 독립이 최상의 선택이라고 믿고 있다는 거지."

"아랍 사람들이 프랑스 국민으로 남기를 원하지 않는다고 누가 그러던가?"

"어쩌면 전에는 그러기를 바랐을지도 모르지. 하지만 더 이상은 아니야. 너무 늦었어. 우리는 계속 잘못을 저질러왔고, 어떻게든 화해 쪽으로 향해가던 이런저런 요구사항에 전혀 귀를 기울이지 않았잖아. 알제리에 들어가서 알제에서 민족해방전선의 수장들과 접촉했던 제르맨 티용을 몇 달 전에 만났었어. 그 수장들한테, 특히 야세프 사디에게 테러에 종지부를 찍어야 한다, 더 이상 시민들이 충돌의 희생자가 되어서는 안 된다고 설명했다더군…… 여행하는 동안 교사들도 만났었대. 아랍인 선생님이 준 '여러분이 투명인간이라면 무엇을 할 건가요'라는 제목으로 열한 살에서 열두 살짜리 아랍인 학생들이 쓴 작문을 나에게 보여주더라구. 모두가 무기를 들고 프랑스 사람이나, 낙하산 요원, 정부 수장들을 죽이고 있더군. 난 미래에 대해 절망적이라네. 그러니 내가 입을 다무는 것 말고 무엇을 할 수 있겠나……."

자욱한 담배 연기 속에서 이 말을 하면서 그는 제르맨 티용이 벌였던 교섭과 같은 맥락으로 자신이 썼던 〈알제리 내의 민간 휴전협정을 위한 호소문〉을 회상했다.

1월 21일 저녁이 떠올랐다.

"벌써 4년 전 일이네……."

자신도 모르게 큰 소리로 중얼거렸다. 이 말에 미셸이 무슨 뜻이냐는 듯한 시선을 보내자 카뮈는 어정쩡한 몸짓을 해보였다.

그 일이 있기 1년 전에 〈렉스프레스〉지에 썼던 첫 번째 휴전협정 호소문 형식으로 쓴 기사로는 충분하지 않았다. 시간이 지나면 지날수록 알제리로 건너가서 민간 평화에 대한 자신의 신념을 이야기할 필요가 있다는 판단이 들었다. 비록 본인이 '폐허가 된 이 공화국의 선지자'가 아니라는 것은 잘 알고 있었지만 말이다. 스승인 장 그르니에가 '무력항쟁'을 할 수밖에 없는 상황이라고 본다면서 비관적인 입장을 취했지만 어쩔 수 없었다. 믿을 만한 출처를 통해 민족해방전선이 도시에서 테러를 자행할 준비를 하고 있다는 것을 알게 된 이상 한시라도 빨리 행동에 옮겨야 했다. 총포의 홍수를 잠시 멈추고, 전쟁의 소란 속에서 중간 휴지休止를 가져야 했다.

알제에 도착하자마자 그는 젊은 시절 오랫동안 같이 활동했던 친구 퐁세를 찾아갔다. 그 친구의 판단과 올바른 견해를 신뢰했고 그가 현실과 사람들을 가까이에서 지켜보고 있다는 것을 알고 있었다. 퐁세는 호소문을 발표하겠다는 그를 격려하며 쉽지 않을 것이라고 일러주었다. 그도 잘 알고 있었다. 하지만 이 전쟁이 시민들이 첫 번째 희생자가 될지도 모르는 악순환으로 치닫는 것을 막기 위해서는 뭔가 강력한 행동을 취해야 했다. 알제 대주교인 레옹에티엔 뒤발 예하와도 오랜 시간 이야기를 나누었는데 그도 평화를 위한 그의 시도를 격려해주었다. 드골에게 속았다고 생각하고 '프랑스령 알제리'라는 두 마디 말밖에는 들으려고 하지 않는 많은 유럽 사람들로부터 상당한 반대에 부딪치게 될 것이라는 말을 해주었다. 카뮈에게 〈라 데페슈 코티디엔〉을 건네주었는데 그 첫 페이지에 '프랑스는 알제리에 남고 싶어하는 것일까?'라고 씌어 있는 반면, 다른 기사의 제목은 '애국 대표단'이 메종블랑슈 공항에서 수스텔 총독을 열렬히 환영했다는 내용이었다.

카뮈는 오후 늦게부터 작업에 착수해서 단숨에 호소문을 작성해나갔다. 어떤 과장이나 우회적인 표현을 쓰지 않은 직접적이고 살아 있는 호소문이어야 했다. 침묵을 깨고 나아갈 때는 이성뿐 아니라 가슴에도 호소해야만 증오를 잠재울 수 있었다. 누구나 이해할 수 있고, 다시 화해할 수 있다는 한결같은 희망을 품게 만드는 단순명료한 말들로 써야 했다. 이따금 종이 위를 달리던 펜의 소리가 끊기곤 했다. 천천히 내뱉는 담배 연기 밑으로 쓰다만 문장 하나가 어렴풋이 모습을 드러냈다. 어머니에 대해, 빈민촌 사람들에 대해, 정치에는 절대 관여해서는 안 된다고 여기며 무슨 일이 일어나고 있는지 잘 이해하지 못하는 빈민촌 사람들이 자기 이야기를 듣고 보일 반응에 대해 생각했다.

"왜 아랍 사람들은 더 이상 우리를 좋아하지 않는거지요?"

공항에서 시내까지 그를 태워준 택시 기사가 그에게 물었다.

왜? 그럼 프랑스 사람들은 아랍 사람들을 좋아한 적이 있었던가? 자신들과 동등한 사람들로 여긴 적이 있었나?

"보세요! 교실에는 유럽인 아이들만큼이나 아랍인 아이들이 있었다구요!"

기사가 반론할 수 없는 논거라는 듯 말했다. 그렇게 간단한 문제가 아니었다. 인구 비율로 따져보자면 아랍인 아이들이 9배는 더 많았어야 했다. 그러나 그리 유익할 것 같지 않은 대화를 이어가봤자 별 소용이 없었다. 카뮈는 드러나지 않게 씁쓸한 표정을 지으며 고개를 끄덕였다. 택시 기사는 만족하는 듯했고 특히 지나치다 싶을 정도로 진행 방향의 도로는 보지 않고 시도 때도 없이 뒤를 돌아보는 일은 더 이상 하지 않았다.

단어들이 끊어졌다 이어지고 강조되는가 싶더니 매듭이 묶였다가 다시 풀렸다. 호소문은 그의 목소리에 의해서만 생기와 억양이 살아나고 가시와 부드러움이 덧붙여질 수 있을 자비로운 무음의 기호들로 하나의 검은 사슬을 형성했다.

풍세가 세세히 읽어보며 약간의 수정과 정리를 하고 나서야 원고가 마무리되었다. 한쪽으로 기울어진 힘찬 글씨체로 상단에 이니셜이 찍힌 14쪽에 달하는 종이에 빼곡하게 쓴 내용을 마지막으로 읽어본 그는 언덕 위의 생-조르쥬 호텔로 돌아갔다.

다음 날인 1월 21일 아침 벨쿠르에 갔었다. 일요일인데도 그날 리옹 거리는 유난히 생기가 느껴졌다. 포마드를 바른 웨이브진 머리에 걸음을 옮길 때마다 요란하게 소리가 나는 새 구두를 신은 남자들이 빳빳하게 깃에 풀을 먹인 하얀 와이셔츠를 입고 가슴을 떡 벌린 채 당당한 모습으로 걸어가고 있었다. 몇몇 여인네들은 커다란 채소 광주리를 들고 서둘러 집으로 향하고 있었다. 꼬마 녀석들은 동네에 있는 세 개의 영화관 중 하나에 들어가 오케스트라 자리라도 얻기 위해 유리구슬과 살구씨를 서로 맞바꾸거나 오래된 싸구려 잡지를 팔았다. 늘 하던 것처럼 그는 어느 카페 테라스에 자리를 잡고 아니스를 한 잔 주문했다. 의자에 파묻힌 채 다리를 쭉 펴고 앉아서 지칠줄 모르는 이 거리의 광경을 바라보는 것이 좋았다. 지난 12월 말에 왔을 때, 바로 이곳에서 아무리 상상력이 풍부한 사람이라도 결코 생각해낼 수 없는 장면 하나를 목격했던 일이 생각났다. 양복을 빼입은 평범한 알제리 남자가 전신에 베일을 두른 자기 부인보다

앞장서서 걸어가고 있었다. 부인은 한 손으로는 베일을 꼭 붙들고 다른 손으로는 어린 아들 손을 잡고 있었는데, 그 아이는 크리스마스 선물로 받았음이 분명한 낙하산 부대원 옷차림을 과시하고 있었다.

30년이 넘는 시간이 흘렀건만 한 시간 전 혹은 지금 막 보다만 영화 속으로 다시 빨려들어간 듯했다. 트라무스와 갈렌티타가 놓인 진열대 사이를 뛰어다니던 자신의 어릴 적 모습이 눈앞에 보였더라도 그리 놀라지 않았을 것이다.

카뮈는 옛날과 하나도 달라지지 않은 가게 안으로 들어갔다. 그곳에서 똑같은 주인들, 어렸을 때의 친구들을 만났고, "이름은 기억나지 않았지만 알아볼 수 있었던 그들의 얼굴에서 내 나이를 읽을 수 있었다. 그들도 나와 같이 젊었었고 더 이상은 그렇지 않다는 것을 알았을 뿐이다"라고 생각했다. 그들이 하는 말도 나이를 먹고 있었다. 그에게 인사를 건네던 사람들이 쓰는 말처럼 일상의 언어들이 그 끝을 알 수 없는 대화로 이어졌다. 그들은 알베르가 무슨 일을 하는지 잘 알지 못했지만 그가 중요한 사람이라는 이야기는 이미 들어 알고 있었다.

잠시 후 알베르는 바퀴벌레들이 점령하고 있는 기름 묻은 난간을 잡는 것을 여전히 피하면서 한치의 망설임도 없이 리옹 가 93번지의 어두운 계단을 올라갔다. 문설주 사이에 서 있는 자신의 모습을 어머니가 알아볼 수 있도록 문을 활짝 열어젖히고는 올 때마다 점점 작아지는 것 같은 작은 아파트 안으로 들어섰다. 노인은 그를 한참 동안 끌어안더니 마치 그런 격한 감정 표현이 걸맞지 않다는 듯 천천히 밀어냈다. 다시 한 번 느끼지만 자신에 대해서, 어머니에 대해서, 자신이 한 여행에 대해서, 그리고 알제에 무엇을 하러 왔는지 어머니에게 이야기할 수 있다면 좋았을 것이다. 그건 중요한 일이었다. 하지만 아무 소용 없는 일이었다. 분명 어머니는 "왜 그런 일을 해? 나중에 골치만 아파. 에휴! 언제나 똑같아 넌……"이라고 했을 것이다. 그리고 그들은 소란스러운 빈민가에 새로운 휴전을 알리는 어두컴컴한 빛으로 인해 침침해진 눈으로 한참이나 서로를 멀거니 바라보았다.

카뮈는 시청 강당에서 호소문을 읽을 예정이었다. 하지만 마지막에 자크 슈발리에 시장이 약속을 취소하고 피에르보르드 대회의실마저 허락하지 않았다. 카뮈와 그의 친구들인 로블레, 퐁세, 메종쇨, 미켈과 시무네는 영화 상영실 한 곳을 빌리려고 했다. 천만다행으로 회교도 친구들 몇 명이 진보 클럽의 모임 장소를 사용할 수 있도록 해주었는데, 그곳이 알제리의 분리 독립을 주장하는 사람들의 관리하에 있다는 것을 그들도 잘 알고 있었다.

담배 연기를 깊숙이 들이마시면서 카뮈는 자세를 바꾸며 의자에서 좀더 편한 자세를 찾아내려고 애써보았지만 역시나 여정의 피로를 잊어버리기에는 턱없이 좁고 불편했다. 위가 옥죄어들던 불안감, 축축하던 등줄기, 씁쓸하던 입맛이 떠올랐다. 그리고 어머니로 인해 막혀버렸던 말들까지. 혼탁해진 그의 눈밑에서 혼란스럽게 뒤섞였던 단어들이 칼처럼 청중의 가슴속으로 사정없이 파고들었고, 정적이 흐르던 가운데 갑자기 거리로부터 그와 망데스 프랑스(Pierre Mandès France, 프랑스의 정치가)의 머리를 요구하는 극도로 흥분한 무리가 내뱉는 증오의 외침이 들려왔다.

홀에는 유럽인들과 회교도들이 빽빽이 들어서서 그의 연설을 경청하고 있었다.

"그리고 함께 사는 법을 알지 못했기에, 서로 닮은 동시에 서로 다른, 그러나 존중할 만한 두 민족은 가슴에 분노를 안고 함께 죽어야만 하는 운명에 처한 것입니다."

몇몇은 감정을 추스르느라 코를 훌쩍거렸다. 어떤 사람들은 고개를 떨구고 있었다. 그렇게 밖으로 드러난 분노에 모두가 기가 죽은 듯했다. 그 분노는 뒤발 추기경이 며칠 후 주일 설교에서도 기원했던 '화해와 공동의 알제리'라는 희망에 대한 너무나도 확고한 답이었다.

다음 날, 그는 〈라 데페슈 코티디엔〉 신문 1면에 '알베르 카뒤의 강연을 둘러싼 동요. 수많은 알제 시민들이 망데스 정책에 대해 적대감을 나타냈다' 라는 제목의 기사를 훑어보았다. 강연회 내용은 단 한 줄도 전할 필요가 없다고 생각한 기자는 '시위 참가자들을 향한 폭력 행사' 를 비난하면서 '알제리를 포기한다거나 테러리스트들과 무법자들 앞에서 나약해진다는 생각에 대한 시위 참가자들의 적대감' 에 대해 설명했다. 그리고 이어지는 이야기에서 시위 참가자들이 알제리를 저버리지 않을 것을 맹세하기 위해 잔 다르크 동상 앞에 모여 프랑스 국가를 부르기 시작했다고 전했다.

시민 평화를 위한 시도가 실패한 데 이어서 1956년 선거가 끝나고 기 몰레(Guy Mollet, 프랑스의 정치인)가 정권을 잡게 됨으로써 실망감은 가중되었다. 망데스 프랑스가 다시 정권을 잡기 바랐던 카뮈와 다른 자유주의자들에게는 또 다른 실망감을 안겨주었다.

당시 지극히 위급했던 상황 앞에서 역사를 고집스레 부정하는 프랑스인 동향민들을 보며 그는 그때부터 침묵 속으로 물러날 결심을 했던 것이다.

부조리와 반항의 시기가 지나고 회고의 시기가 시작되었던 것이다. 서민들의 침묵으로부터 도출해야 했던 회고. 《최초의 인간》이 말하고자 했던 것을 빼앗겨버렸던 것이다. "말을 하고 싶었겠지만 아무런 할 말이 없었고 다른 이들도 마찬가지였다. 과묵한 그들의 얼굴에서 고통과 일종의 완고함이 종종 읽히곤 했다. 때로는 그의 마음속에 '불행'이라는 단어가 모습을 드러냈으나 생기자마자 바로 터져버리는 거품처럼 이내 사라져버렸다."

자연의 이치를 따르지 않는 그의 고집과 완고함을 이해하지 못하는 어머니에게는 괴로운 일이지만, 그래도 그들을 위해서라면 지난날 그를 옭아맸던 침묵들을 다시 한 번 깨고 나와야 했다.

몇 달이면 되겠거니 생각하고 전쟁터로 떠났다가 다시는 돌아오지 못한 아버지의 침묵. 어머니가 늘 말했던 것처럼 '그가 쏙 빼다박은' 아버지. 사진에서 본 알제리 보병 모자를 쓴 군인의 모습에서 알베르 자신의 모습이 보였다. 어느 한곳을 응시하는, 경직되어 있는 결의에 찬 모습.

이제는 아들이 물어볼 때조차도 기억 속에서 불러내지 못하는 사라져버린 이 군인으로부터 이어진 어머니의 침묵.

언어의 사막에 떨어지는 물방울처럼 한 마디 한 마디의 말을 전하고 싶어했던 이 여인의 발소리가 끌리던 집 안의 침묵.

카뮈는 더할 나위 없이 행복해야만 했다. 유명인에다 경제적인 여유도 있었고 한참 활동할 나이였으며, 만성결핵을 안고 살아가야 했지만 병에는 이미 이골이 난 상태였다. 지중해의 다른 곳에서 맹렬하게 펼쳐지고 있는 전쟁에 비하면 결핵은 참기 쉬운 것이었다. 자신처럼 되돌릴 수 없는 파경으로 치닫는 것을 어떻게 하면 피할 수 있을까 고민하고 있는 알제리 운동가 아지즈 케수스에게 "다른 사람들이 폐에 통증을 느끼듯이 난 알제리에 통증을 느낍니다……"라는 문장을 백 번이고 천 번이고 써보내고 말할 수 있었다.

언제나 불안한 마음으로 곁을 떠나온 어머니와 이런 불편한 마음에 대해 공감할 수 있으면 정말 좋을 텐데. 도시 내에서 테러가 점점 성행하고 있었다. 어머니가 표적이 될 수 있다는 걱정은 하지 않았지만 몇 년 전에 어머니가 테러를 당했던 기억은 지울 수가 없었다. 어머니의 몇 푼 안 되는 돈을 노린 누군가가 다가오는 소리를 어머니는 전혀 듣지 못했던 것이다. 반항할 만큼의 힘도 없었고 도움을 청할 수 있는 목소리도 없었다. 비극으로 끝날 수도 있었던 그 사건에 대한 생각을 떨칠 수 없었다. 무엇보다 어머니가 귀머거리이며 전쟁과 그 잔인함의 가능성 앞에서 아무 말도 할 수 없음을 그는 알고 있었다.

잠시 후 택시는 그가 리옹 가를 산책할 수 있도록 마을의 다른쪽 끝에 내려놓을 것이다. 그는 파리로 돌아가기 전에 사람들을 만나고 소음을 듣고 잊혀지지 않는 냄새를 맡으며 젊음과 순수함을 충분히 비축해두는 것을 좋아했다. 그러고 나서 93번지의 작은 문 앞의 길을 건널 것이다. 어머니를 만나 다시 한 번 그 아파트를 떠나 도시로 오시라고 말씀드릴 것이다. 그러면 어머니는 또 어깨를 으쓱하면서 그를 안심시키기 위해 살짝 웃어 보이실 것이다.

그 장면이 어떻게 전개될지는 보지 않아도 알 수 있었다. 몇 년 동안 되풀이되는 똑같은 장면. 매번 올때마다 똑같이 벌어지는 장면. "둘은 아무 말 없이 마주 앉아 있다. 그러다 두 사람의 시선이 마주친다.

'저기요, 어머니.'

'어, 그래.'

'지루하세요? 제가 너무 말이 없지요?'

'오, 넌 늘 말이 별로 없잖니?'

그들은 한참을 그렇게 서로 아무런 말도 하지 않은 채 마주 보고 앉아 있을 것이다. 그는 의자에 앉아 어머니 쪽으로 얼핏 눈길 한 번 주고는 줄담배를 피워댄다. 침묵이 흐른다.

'그렇게 담배 많이 피면 안 되는데.'

'맞아요.'

'금방 또 올거지?'

'전 떠나지도 않았는걸요. 왜 그런 말씀을 하세요?'

'아니, 그냥 해본 말이야.'"

징후의 노랫소리

그의 뿌리임에 분명한 어머니.
그때 희미하게 어머니가 그에게 했던 말들이
천천히 그의 머릿속을 맴돌다가 마비된 그의 입을 뚫고 튀어나왔다.

옷깃을 세우고 외투와 목도리로 온몸을 따뜻하게 감싼 카뮈와 갈리마르 식구들이 올라탄 차 안에서는 축축하게 젖은 강아지 냄새가 났다. 에티엔 삼촌이 리옹 가에 있는 아파트를 떠나기로 결심하고 얻은 조그만 집에서 나던 것과 흡사한 냄새였다. 삼촌은 독립을 하고 싶어했는데 듣지 못하고 말도 잘하지 못하는 자신의 처지를 개의치 않는 여자를 만날 수 있으리라 은연중에 기대하고 있었다. 자신은 그런 여자를 충분히 행복하게 해줄 수 있고 그 여자도 자신과 같이 신중하고 건장하고 사람 좋은 일꾼과 일단 살림을 차리고 나면 아무런 부족함을 느끼지 않게 되리라는 걸 알 것이라고 생각했다.

"네 삼촌, 대단해!"

어머니는 자랑스러워하는 기색을 감추지 않으며 말하곤 했는데, 그럴 때마다 아랫입술을 앞으로 내밀고 기계적으로 머리를 끄덕이며 자신있는 태도로 미처 찾아내지.못한 말들을 대신하곤 했다.

알베르는 건장한 삼촌과 바닷가에 가는 걸 좋아했는데 삼촌은 그를 등에 태우고 멀리까지 힘차게 헤엄쳐 나갔다가 다시 해변으로 돌아오곤 했다. 벨쿠르 언덕 위에 있는 아르카드 숲으로 사냥을 갈 때도 자주 따라가곤 했다. 둘은 한 마디 말도 주고받지 않고 오랜 시간 걸으며 서로 은밀하게 몇 번 시선을 주고받거나 속도를 낮추라든가 멈추라든가 사냥감을 염탐하거나 탐

색하라는 등의 신호를 보내는 게 고작이었다. 알베르는 자기가 침묵에 동조하는 것을 삼촌도 좋아한다는 것을 알고 있었고, 그들의 많은 대화에는 그 어떤 단어도 끼어들지 않았다. 둘은 종종 세르반테스 동굴 근처에서 휴식을 취했는데, 유명한 스페인 작가가 바르바리아인들에게 붙잡혔다가 도망쳤을 때 그 동굴에 은신했었다는 사실은 둘 다 모르고 있었다.

동굴은 나무숲으로 덮여 있어 상쾌했다. 삼촌은 그곳에서 쉬는 걸 좋아했고, 자신과 함께 고독을 채워가던 멧돼지같이 뻣뻣한 털에 늑대같이 생긴 흉물스런 개를 쓰다듬으며 이끼로 뒤덮인 땅 위에 털썩 주저앉을 때면 늘 행복한 신음소리를 내곤 했다. 알베르는 한참 동안 삼촌 곁에 있곤 했었다. 어쩌다 개가 고개를 번쩍 들기라도 하면 삼촌은 개가 자신의 가장 은밀한 생각을 알아맞혔다고 확신하며 행복해했다. 동네 사람들은 한시도 주인 곁을 떠나지 않고 같이 잠자리에 들고 같은 식탁에서 밥을 먹는 이 동반자에 대해 이러쿵저러쿵 말들이 많았다. 사람들은 삼촌과 그의 개를 마주칠 때면 존경을 가장하며 인사를 건네고는 키득거리며 지나갔다. 삼촌은 그런 사실을 모르지 않았지만 별로 신경쓰지 않았다. 그렇게 놀리는 사람들도 실은 알고 보면 개들이 표현하는 언어를 알고 싶어 질투하는 이들이었다.

"삼촌, 도대체 어떻게 하는 거예요?"

주인의 몸짓을 흉내내봐도 성질 사나운 그 개에게서 아무것도 얻어내지 못한 알베르가 물었다. 삼촌은 양손을 들어올리면서 어깨를 으쓱해 보이는 것으로 답을 대신했다. 소년은 삼촌과 개 사이에 분명 일종의 묵계 같은 비밀의 언어가 있음이 틀림없다고 생각했다. 동물의 언어. 아마도 그래서 삼촌이 개를 브리양(Brillant, 명석하다는 뜻의 남성 형용사)이라고 불렀는지도 모른다.

둘이서 공모한 일종의 사후 앙갚음이었던 것일까? 카뮈는 삼촌과 개가 후세의 살라마노 영감과 그의 개를 닮았다는 사실을 떠올리고는 자문해보았다. '8년의 증오' …… 그들과 친분이 있던 사람들은 어쩌면 다들 그렇게 생각했을지도 모른다. 어안이 벙벙해지는 이런 동일한 구조 속에서 《이방인》의 저자마저도 그 작품 속 인물들에 대해 그렇게 믿어버리게 되었는지 모른다. 그들만이 알아들을 수 있었던 그 침묵은 증오의 반의어였던 것이다. "이름이 붙여진 것은 이미 사라진 것이 아닐까?"

그 둘은 서로 상대 없이는 살 수가 없었다. 부부들의 판에 박힌 행동을 따라 하고 싶지 않았기에 마을의 시끌벅적한 소리가 가까워지면 주인은 자신의 우월감을 보일 필요가 있다는 생각에서 개에게 욕지거리를 퍼붓곤 했다. 그러나 본인이 생각하기에도 지나치다 싶을 정도의 그런 욕설은 사실 무의미한 말들이었으며, 그건 무례한 소문을 향해 내뱉는 욕설에 지나지 않았다. 다른 이들의 말이 벙어리들을 겨냥한 무기가 되는 것을 막으려는 약간은 그런 의도였을 것이다. 어쩌면 자신의 존재감과 방어 능력을 표현하는 방식이었을 것이다. 말로써, 언제나 그렇듯이 말로써 살아 있다는 것을 설명하는 것처럼 말이다. 아니면 스스로 그렇다고 확신하기 위해서였을 수도 있다. 살라마노가 그랬듯이 삼촌이나 어머니 그리고 빈민가의 많은 사람들은 침묵이야말로 오해를 피할 수 있는 유일한 방법임을 이미 다 알고 있었다.

그들의 침묵은 자신들로부터 멀어지는 세계를 두려워하며 "개는 두려움에 떨고 인간은 증오심에 차 있는" 것으로 보이는 삼촌이나 살라마노 영감의 침묵이 아니었다.

하루는 삼촌이 한참을 생각하더니 슬픈 눈을 하고 있는 소년을 안심시키려는 듯, 확신에 찰 때면 보이는 입을 삐죽 내민 모습으로 알베르에게 말을 걸었다.

"아베르, 있지. 나, 네 엄마…… 브리앙하고 같아. 많이 아니야. 근데 말 잘해!"

알베르는 어리둥절했다. 삼촌이 무슨 말을 하려고 했던 것인지는 잘 알 수 없었지만 꽁꽁 닫힌 상자에서 보물을 꺼내듯 다시 말을 듣게 된 것이 몹시 기쁜 듯했다.

이제 겨우 오후 4시쯤인데 무거운 구름이 몰려와 날이 어두워지고 있었다. 앞 유리에 김이 서렸고 끈적끈적한 도로와 가볍게 입맞춤하듯 바퀴에서 줄기차게 들려오는 육감적인 키스 소리에 와이퍼가 박자를 맞췄다. 그 속에서 울퉁불퉁한 바위에 게 걸스럽게 덤벼들던 파도 소리가 들려왔다. "여러 해가 지나면서 그들 어머니의 집은 폐허가 되었고" 바위는 사라진 기억, 사라진 거울을 조심스레 간직하고 있었다. 유칼립투스와 풀들이 내뿜는 숨결에 취한 채 티파사의 유적 속에서 보냈던 오랜 시간들이 떠올랐다. 알몽의 물의 요정인 라라처럼 애를 태우게 만드는 바다에게 살랑거리며, 외설스럽게 알몸을 드러낸 채 작열하는 태양 아래서 보냈던 충만한 시간들이었다.

알베르는 한 번도 라라를 주제로 글을 써보지 않았음에 놀랐다. '한낮의 거대한 침묵' 속에서 시간과 공간을 하염없이 거슬러 올라가보면 프로메테우스와 시시포스가 오가던 고대 카르타고 도시의 유적 속에 틀림없이 라라가 남아 있었을 거라는 데 생각이 미치자 더 놀라웠다. 자동차의 불빛 속에서 창백하게 눈물을 흘리며 휙휙 지나가던 플라타너스 나무줄기 같은 백색 기둥들이 서 있는 그 숲에서 입이 무거워진 라라와 분명 지나쳤을 것이다. 왜 갑자기 라라 생각이 났을까? 파스테르나크의 책을 읽었기 때문인지도 모른다.

"미셸, 《닥터 지바고》의 여주인공 이름이 뭐지?"

"흠…… 라라!"

"왜요?"

자닌은 웬 뜬금없는 질문이냐고 생각하는 듯했다.

"여신이랑 똑같잖아."

"내가 모르는 여자가 또 있나 보네요……."

하지만 바위와 빛의 혼돈 속에서 분명 그를 유혹했을 그 여인이 그곳에 있었다. 자기가 배교자背敎者에게 지워주었던 것과 비슷한 운명을 겪은 이 로마 여신을 만나지 못했다는 생각에 재미있어하며 그는 미소지었다.

오랫동안 한껏 즐겼던 신화의 비밀 속에서 여태껏 지워져 있던 흔적을 찾자면 고등학교 시절까지 거슬러 올라가야 하는데, 오늘 밤 왜 이 여인 생각이 나는지 알 수가 없었다.

"그래, 그 라라가 어쨌는데요……."

자닌이 다시 이야기를 꺼냈다.

"어서요 알베르, 얘기해봐요."

"배교자였어요. 당시 주피터는 호수와 물과 우물을 관장하던 유투르나와 사랑에 빠졌었지요. 하지만 유투르나는 이 구혼자를 그리 좋아하지 않았어요. 아니면 애를 먹이고 싶었거나. 뭐였는지는 잘 모르겠어요! 어쨌든 신들의 지도자가 그 여인을 찾아 헤맸고 그녀가 훤하게 알고 있는 물속으로 자취를 감출 수도 있다는 것을 알아차렸던 건 사실이에요. 화가 난 그는 라티움의 모든 물의 요정들에게 그들의 강 속으로 유투르나가 숨지 못하게 하라는 명령을 내리지요. 모두가 그렇게 하겠다고 약속을 했는데 라라만 유투르나에게 위험을 알려줘서 주피터의 분노를 사게 돼요. 주피터는 라라의 혀를 잘라 침묵의 여신으로 만들어 버리고는 지옥으로 보내버렸어요."

"끔찍하네요!"

"주피터가? 혀가 잘린 것이요? 아니면 침묵의 여신이 된 것이요?"

자닌의 대답을 무심히 흘려들으며 카뮈는 다시 티파사를 떠올렸다. 부스럼이 난 손가락을 하늘로 뻗고 있는 것처럼 울퉁불퉁한 저 붉은 바위들 틈에, 다른 많은 이들처럼 라라가 그곳에 머물다가 저녁의 푸른빛 속으로 녹아드는 것을 전혀 어렵지 않게 상상할 수 있었다.

티파사에 있으면 지에밀라 고고 유적의 '유골 숲' 앞에서처럼 그는 "그곳의 바위와 하나가 되고 싶은, 역사와 그 소용돌이에 도전하는 까다롭고 냉정한 우주와 뒤섞이고 싶은 충동"을 종종 느끼곤 했다.

징후의 노랫소리가 흐르는 가운데 그는 쇠약할 대로 쇠약해지고 실어증에 걸렸음에도 행복한 모습으로 떠돌고 있는 라라를 상상해보았다. 피로 범벅이 된 모음을 뱉어내는 라라의 입에서는 꾸르륵거리는 음산한 소리만 나올 뿐이었다. 사형집행인들에게 혀가 잘린 채 트라피스트 수도사들처럼 침묵으로서 절대자에게 다가서는 그 괴이한 배교자처럼. 그를 구박하는 삶을 해방시키기라도 하려는 듯 타닥타닥 소리를 내는 바위들이 주위에 보였고 그 소리가 들렸다. "강렬한 태양 아래 하늘은 허옇게 달 궈진 금속판마냥 한참을 울려댔다. 그것은 동일한 침묵이었 다……." 모욕의 핏방울, 남편을 앗아가버린 전쟁의 핏방울, 때 로는 거짓말을 할 수 없게 만드는 "그날의 참을 수 없는 뜨거운 열기"와 태양의 핏방울과 같이 씁쓸한 기억으로 굳어버린 핏방 울로 인해 말문마저 막혀버린 것 같은 어머니의 침묵과 동일한.

라라가 그랬듯이 그리고 어쩌면 그의 어머니가 그랬던 것처 럼 고행 속에서 은총을 발견한 이 배교자도 "더이상 말로 세상 을 어지럽히지 못하도록 혀를 잘렸던 것"이다.

그는 눈을 감고 두서없이 편집된 영화처럼 엄습해오는 이 모 든 기억들을 정리해보려고 애썼다. 왜 화면들이 그런 식으로 이 리저리 뒤섞여서 펼쳐지는 것일까? 이유는 전혀 알 수 없었지 만 그는 사고와 행동의 순리에서 빠져나올 수 있음을 기뻐하며 별로 개의치 않았다. 학창 시절 수업시간에 자주 그랬던 것처럼 이런저런 생각에 빠지는 게 좋았다. 숙제가 끝나고 사전에 실려 있는 단어들을 무작위로 찾아볼 수 있었던 때처럼……. 생소한 단어의 뜻을 설명하지 못하는 경우 대충 얼버무리며 넘어가는 일 없이 다른 식으로 표현하곤 했는데, 그런 표현은 그에게 또 다른 탈출구였다. 소리 없는 기호들 사이로 떠나는 아름다운 여 행은 그에 의해 의미보다는 소리를 더 많이 부여받은 허구의 세 계에서만 형태와 색과 활기를 띠었다. 문장을 설명할 순간이 되면 그 단어들은 하나같이 더없는 충직한 적이 될 수 있음을 그는 오래전부터 알고 있었다. 다른 아이들과 사뭇 다르고 싶은 심정에서 그리고 그들에게 의외의 모습을 보여줌과 동시에 경탄을 자아내기 위해 그 누구도 예상치 못한 특이한 설명을 해보이려고 애쓰곤 했다. 때로는 담임 선생님이 황당해하시며 왼쪽 눈썹을 찡그리곤 했는데 그건 전혀 좋은 징조가 아니었다. 학생들은 그가 익살스럽다고 생각했고 똑똑하다는 걸 알고 있었다. 알베르는 자신의 비밀에 대해서는 한 마디도 꺼낸 적이 없었다. 그가 단어를 바위에 비유했을때 어쩌면 선생님만은 이해했을지도 모른다. 친절한 제르맹 선생님은 그의 이런 사소한 동사놀이가 단지 식구들 모두 깊이 파묻혀 있던 기괴한 침묵을 이해하기 위한 것이었음을 알고 계셨을까?

노벨상을 받았을 때 어머니 다음으로 생각났던 제르맹 선생님께 자신이 어떤 신세를 졌는지 그는 알고 있었다. 그 선생님이 가르쳤던 것, 교육적으로 요구했던 것, 분명 그의 절대자유주의적 경향에 영향을 미쳤을 본보기를 기억하고 있었다. 선생님 기억에 그는 "빈민가 공장에 버려질 뻔했던 조그만 아이"로 남아 있을 것이다. 어머니가 학교에 와서 선생님을 만나 온전하게 발음되지 않는 빈약한 어휘로 "선생님, 졸업반 시험 명단에 알베르 넣으셨어요. 하지만 우리 공부할 돈 없어요……. 그리고 우리 엄마가 알베르 일하기 원해요"라고 말했던 날을 기억하고 있었다. 선생님은 어머니에게 걱정하지 말라며 아이가 열심히 공부해서 좋은 성적을 내면 장학금을 받아 학업에 필요한 돈을 벌 수 있다고 설명해주었다. 어머니는 무슨 말인지 제대로 알아듣지 못해 머리를 갸우뚱했다. 그걸 알아차린 선생님은 할머니가 돈주머니를 틀어쥐고 집안을 굳건히 통제하고 있다는 것을 모르지 않았으므로 알베르의 할머니를 설득하러 저녁때 집에 들르겠다고 손짓 발짓을 해가며 설명했다.

그게 쉽지 않으리라는 것을 알베르는 알고 있었다. 거실 한구석에 쪼그리고 앉아서 선생님과 할머니가 주고받는 대화를 엿들었다. 할머니는 "우리집은 가난해요. 졸업장만 따면 읽고 셈하고 생활하는 데 충분하다구요. 그러면 통공장에서 견습생으로 일할 수 있고, 필경 반장이 될 제 삼촌이랑 같이 인부가 될 수 있을 거예요."라는 말만 줄창 해댔다. 선생님은 물러서지 않았다. 할머니 역시 한치의 양보도 하지 않았다. 언성이 점점 높아졌다. 그러자 갑자기 알베르의 어머니가 두 사람 사이에 끼어들더니 "그 애 학교 갈 거예요!"라고 냅다 소리질렀다. 할머니는 고개를 떨구었다. 선생님은 안녕히 계시라는 인사를 남기고 돌아갔다. 아파트에는 다시 침묵이 찾아들었고, 그 침묵으로 인해서 누구 하나 입도 뻥긋하지 못하게 어머니가 내뱉은 말의 조각들이 알베르의 귓전에 오래도록 울려퍼졌다. 그 때 카뮈는 자신이 어머니에게 어떤 빚을 지게 되었는지 그 어느 때보다 확실하게 깨달았다.

벨쿠르의 이 보잘것없는 가족이 무기력함에서 벗어나는 경우는 드물었지만 그래도 희생하고 나누는 법은 알고 있었다. 침묵까지도 그랬다. 모든 것은 단지 절약의 문제였다. 돈, 동작, 시선, 말이나 꿈을 절약하는 것. 그런 바위 같은 고집스러움 속에서 가난은 기본적이지만 손에 넣을 수 없는 것들의 가치와 결합되곤 했다.

카뮈는 기계적으로 자신의 시계를 들여다보았다. 알제에도 날이 저물고 있을 것이다. 그가 좋아하는 장대비가 알제에서 이렇게 주룩주룩 내리퍼붓는 모습을 상상해봤다. 알제에서는 여기서 느끼는 이런 무기력함, 이런 축축함은 절대 느낄 수 없었다. 때때로 천둥이 치지 않는 때도 있었다.

그는 작은 나방들이 달려들어 제 몸을 부딪치는 희미한 전등 밑에서 이런저런 집안일에 여념이 없는 어머니를 그려보았다. 서쪽으로 더 올라가면 바닷가를 따라 쭉 뻗은 대로에 일렬로 선 가로등에 불이 들어올 테고 그러면 혼란과 전쟁 속에서도 마을에는 축제 분위기가 더해졌다. 미셸은 운전석 재떨이에 담배를 끄고는 라디오 버튼을 돌렸다. 주파수 변동에 따라 소리가 커졌다 작아졌다 하는 연극 논평에 이어 클래식 음악이 단속적으로 들렸다.

"시끄럽지 않아?"

미셸이 알베르에게 물었다. 알베르가 잘 들리지 않는 소리로 뭐라 대꾸하는 동안 주파수를 정확하게 뉴스 채널에 맞추려고 애를 썼다. 화폐 개혁 문제와 '가방에 대량의 전쟁 물자를 가지고 있었음이 군경에 의해 밝혀진 어느 개인을 상대로 알제에서 자행된 불가사의한 테러'에 관한 소식이 전해졌다. 그러나 뉴스의 대부분은 드골 장군의 연설로 채워졌다. 알베르가 소리를 좀 키우더니 연설 중계방송에 귀를 기울였다.

"분열된 이 땅의 아이들이 자유롭게 자신의 운명을 결정할 수 있는 그날이 하루빨리 올 수 있도록 알제리에서 분쟁을 잠식시키고 마음을 진정시키는 임무를 용감하게 그리고 인도적으로 수행하고 있습니다. 프랑스가 관여한 이상……."

알베르는 크게 숨을 들이마시며 짤막하게 토를 달았다.

"장사꾼처럼 또 시작이야. 그만하면 다 알아들었는데 어지간히도 떠들어대는구먼!"

이어서 한결같이 과장된 목소리로 계속해서 청취자들에게 저녁 8시 30분부터 프랑스에서 방송되는 드라마, '르네 바르자벨의 유명한 저서 《무모한 여행자》에서 영감을 얻은 흥미진진하고 기이한 이야기'를 놓치지 말라는 안내 방송이 흘러나왔다. 짐짓 태를 부린 운율로 수많은 사람들을 황홀하게 만든 일곱 살짜리 시인 미누 드루에의 성공 스토리를 마지막 소식으로 전하며 뉴스가 끝났다.

"우리는 극단과 허무의 시대를 살고 있어. 하지만 그런 극단과 허무는 속임수라 불리지!"

"맞아요, 알베르……. 어떻게 사람들이 저렇게 열광할 수 있는 건지 모르겠어요."

카뮈가 어린 목가시인이 작가 대열에 들어선 것에 대해 사회자가 찬사를 보낸 것을 두고 하는 말이라고 생각한 자닌이 말을 받았다.

"그 꼬마의 경우는 그럴 수 있지요. 하지만 그 앞에 나왔던 뉴스들도 마찬가지예요. 여전히 알제리의 치안유지나 평화회복 작전에 대해 얘기하다니, 말이 되는 소리여야지."

"곧 마콩을 통과할 거야."

미셸이 화제를 돌렸다.

카뮈는 다시 담배에 불을 붙이고는 환기를 좀 시키려고 창문을 내렸다. 그들이 잠시 쉬어갈 투아세에서 2, 30킬로미터 떨어진 베즐레에 살고 있는 쥘 루아에 대해 생각했다. 다른 날 같으면 우회해서라도 그를 만나러 갔을 것이다. 하지만 때가 너무 늦어버렸다. 베즐레에 있는 이 은둔자와 거리를 둔 지 벌써 몇 개월이 되었다. 어느 기사에서 알베르는 쥘 루아가 만약 회교도라면 지하운동을 할 것이라고 썼고 그가 '유럽 사람들을 실망시켰다'고 비난했었다. 1955년 여름의 일이었다. 10년 전부터 시작되었던 두 사람의 형제 같은 관계가 그 후로 소원해졌다. 비록 알제리 현지인들이 생활하고 있는 끔찍한 상황에 대해 백인 꼬마 루아의 눈을 뜨게 해준 것이 카뮈였지만 알제리가 겪고 있는 고통에 대해 둘의 의견이 달랐으므로 앞으로 오랫동안 서로 만나지 않을 거라는 것을 그는 알고 있었다. 가능한 해결책과 치료책에 대해서도 지금도 둘의 의견은 달랐다. 두 사람 모두 우정을 시험받는 사막에 들어선 것이었다. 카뮈는 상황을 받아들이려고 해보았지만 소용이 없었다. 이 검객의 종종 시의적절하지 않은 판단을 이해할 수 없었고, 때로는 방송매체에서 하는 말을 그대로 내뱉는 것은 아닌가 하는 의심이 들기도 했다.

고통과 치유가 멀리 있는 것이 아님에도 결코 그 간격을 줄이려고 하지 않는 율리시즈에겐 상관없는 문제이지만!

더 이상 뿌리도 없고 가족도 남아 있지 않은 그 나라에 대해서 그가 무엇을 알고 있을까? 가슴으로보다는 머리로 좋아하는 그 나라에 대해, 깊이 성찰하기보다는 무작정 좋아만 하는 그 나라에 대해 무엇을 알고 있을까? 너무나 오랫동안 그 나라에 대해 아무런 언급도 하지 않은 것을 용서받고자 하는 조금은 그런 마음인 것 같았다.

찢고 위협하고 그로 인해 하나의 땅에 살고 있는 사람들 사이에 경계를 짓는 전쟁과 철조망에 대해 그가 무엇을 알고 있을까? '평화회복'이라는 부식토에 이상하게 뿌리를 내린 괴이한 도덕의 이름으로 유폐되고 가시관으로 온통 뒤덮인 폐허의 티파사 한복판까지 들어와 있는데.

손바닥에 올려진 것처럼 열려 있는 작은 만에서 아무런 걱정 없이 자유롭게 헤엄치던 시절은 이미 오래전의 일이었다. 시야를 막는 어떤 울타리나 지평선도 없는 자유분방한 행복은 끝났다. "바다, 산, 고요, 땅의 내음, 향기 가득한 생명으로 가득 차 있었고, 이미 금빛으로 물든 세계라는 과육을 깨물어 달콤하고 짜릿한 즙이 입술을 타고 흘러내리는 것을 느끼며 나는 황홀해했다. 아니, 중요한 것은 나도, 세상도 아니었다. 단지 일체감과 나에게 사람의 감정을 낳게 해준 침묵만이 중요했다."

시간과 전쟁은 돌무더기와 그들의 침묵마저 극복해냈던 것이다. 돌의 입을 열게 하고 그 역사에 대해서도 다시 말하게 해야 했으리라.

알베르는 입술에서 매운맛을 느꼈다. 그 맛을 없애려고 자신의 두툼한 혀로 입술을 적셨다. 티파사, 지에밀라, 유적들과 돌, 압축되는 시간……. 알베르는 다시 르네 샤르가 소중하게 여기는 "윤택함과는 멀찌감치 떨어져 있는 여인"의 아이로 돌아갔다. 그의 '뿌리임에 분명한' 어머니. 그때 희미하게 "어머니가 그에게 했던 말들이 천천히 그의 머릿속을 맴돌다가 마비된 그의 입을 뚫고 튀어나왔다." 그것이 지금까지도 남아 있는 그의 유산이었다. 그 덕에 어린 시절 꼼짝도 않는 이상한 벌레들을 관찰하던 것처럼 유심히 들여다보았던 징후들을 깨워 말로 전하는 사람이 되었다. 하지만 그 징후들은 분명 보이는 것보다 더 교활하고 더 위험한 경우가 적지 않았다. 거부하되 절대 포기하지 말 것. 바위를 밀어 올리는 시시포스처럼 한결같은 결의로 순간순간 나아갈 것. 미끄럽고 가파른 오르막길에도 불구하고. 계속 밑으로 굴러 내려가는 바위로 인해 어깨에 상처가 나더라도. 다른 사람들 눈에 비쳐지는 자기 모습을 걱정하지 말 것. 오로지 영속하기만을 바라는 마음으로. "나를 따라다니는 이 내면의 침묵은 하루가 또 다른 하루로 바뀌는 느린 여정으로부터 싹트는 것이다."

행동하는 것이 중요할 때 과연 말이 필요할까?

쌩 하니 그들을 추월하던 자동차가 갑작스레 경적을 울려대는 바람에 알베르는 몽상에서 깨어났다.

"리옹에는 언제 도착하지?"

카뮈가 물었다.

"지났어. 좀 전에 7번 국도를 빠져나왔는데……. 마콩 바로 전에……."

"그럼 투아세에 다 온 거네."

"맞아, 20분 후면 도착할 거야!"

카뮈는 조바심이 나기 시작했다. 어서 도착해서 혼자만의 시간을 갖고 싶었다. 단 몇 분만이라도. 친구들 때문에 불편해서

가 아니었다. 하지만 생각하고 말하는 이 사람, 때로는 더 이상 누구인지 알 수 없는 이 사람, 안 혹은 겉을 보면 인간 혹은 작가이고 재판관 혹은 고해자인 이 타인과 조화를 이루기 위해서는 자성의 시간, 아무도 없는 자기 자신에게만 열려 있는 공간이 필요했다. 자동차로 여행을 하면 필기를 할 수가 없다. 몇 킬로미터를 달리는 동안 이런저런 생각들이 떠올랐다가 사라졌다. 서서히 두통이 몰려와 관자놀이를 옥죄었다. 분명 지나친 흡연 때문이었을 것이다. 자기만 담배를 피우는 것이 아니라 미셸도 자기만큼이나 담배를 피워댔으니까. 거기에다 자동차 안은 밀폐되어 있고 난방 때문에 공기는 건조하고 더운데……
폭풍우가 내리치는 바람에 앞이 안 보여 길을 찾느라 무진 애를 써야하는 상황이었다. 알베르는 피로감을 느꼈다.

"블랑 여사가 자네를 보면 좋아하겠군."

미셸이 알베르의 팔뚝을 정겹게 토닥이며 말했다.

"누구?"

"블랑. 폴 블랑 여사. 샤퐁팽 여주인 말이야. 모르는 척하기는. 자네가 들어설 때면 늘 좋아서 어쩔 줄 몰라 하잖아."

"질투하기는!"

자닌이 남편에게 속삭였다.

"알베르가 여자들한테 인기가 좋잖아요. 알베르가 원한 것도 아니잖아요, 아니 뭐 그런 셈이라고요!"

카뮈가 소리 없이 웃었다. 일행이 이미 다 같이 몇 차례 와서 잠시 머문 적이 있는 투아세 입구에서 자동차는 속도를 줄였다. 일행은 중세풍인 이 마을의 고요함을 무척이나 좋아했는데, 그날 밤은 먹을 것이 넘쳐나는 연말 파티를 하러 온 사람들의 습격을 받고 있었다.

샤퐁의 방 16개가 모두 차버렸고 평소와 달리 홀은 짐가방과 뒤엉켜 있는 여행객들로 혼잡했다. 옛날 약방이나 뮈르 항에 가볼까 하는 생각은 꿈도 꾸지 못할 일이 되어버렸다. 사온 주변을 거닐거나 동브 저수지가 있는 길을 걷는 것도 어림없는 일이었다. 시간이 별로 없었다. 사람이 너무 많아 실내가 왁자지껄했다.

"한 시간쯤 후에 식당에서 봅시다."

숙박 카드를 다 적고 나서 알베르가 제안했다. 갈리마르 가족이 방으로 올라가길 기다렸다가 호텔 주인에게 물었다.

"좀 구석진 자리에서 저녁 식사를 할 수 있을까요? 그리고 조촐하게 파티를 하고 싶은데 가능할지……. 저 아가씨의 열여덟 번째 생일을 축하하려고 하거든요."

블랑 여사는 자기를 믿어보라는 어조로 답했다.

"최대한 해보죠. 식당에다 바로 얘기해놓을게요."

프로망탱 카페

절대로 침묵을 깰 권리가 없는 이들에게,
그리고 침묵의 동반에 특별한 애정을 느끼는 이들에게
그 작은 싸구려 카페의 침묵은 그 어느 곳보다 나은 안식처 같은 것이었어.

담배를 문 채 침대에 누운 그는 빈둥거릴 때면 떠오르는 이런 저런 생각에 몸을 맡기고 있었다. 저녁이 되자 소나기를 부르는 바람의 속삭임이 일었고 낙엽 냄새와 축축이 젖은 땅 냄새가 올라왔다. 그가 커튼을 열어젖힌 창문 뒤로는 엷은 보랏빛 하늘이 잠을 이기지 못하고 단번에 밤을 흔들어 깨울 기세였다. 창살 사이사이에 끼어 있는 유리창의 수만큼 은밀히 드러났다 금세 사라져버리는 그림들이 그려졌다. 담배 연기로 인해 그 형체와 색깔이 흐려졌고, 그 순간 알베르는 잡아둘 수 없는 것을 잡아보려고 했다. 그림이 무엇인지 파악하려고 하면 그 그림은 바로 변할 테고 다른 그림이 자리를 대신할 것이다. 그 그림은 좀 전의 그림과 달라졌음을 숨길 것이고 그 다음도 마찬가지일 것이다. 상태가 변하고 상황이 바뀌는 것을 묘사하기 위한 단어를 어떻게 찾을 수 있을까? 이미 지나가버렸지만 길게 늘릴 수도 있는 순간을 어떻게 묘사할 수 있을까?

이런 질문을 하는 사이 석양이 천천히 밤 속으로 녹아들어가자 어둠이 곧바로 그림 속에 갇혀 더 이상 육안으로는 그 어둠을 식별할 수 없게 되었다. 협잡꾼들의 속삭임처럼 색채와 형태가 달변가인 암흑 속으로 사라져버렸다.

전화가 울렸다.

"카뮈씨, 젊은 아가씨를 위해서 초는 몇 개나 준비할까요?"

서둘러 면도를 한 뒤 샤워를 마치고 와이셔츠에 넥타이까지 매고 양복을 입었다. 내려가기 전까지 아직 30분의 여유가 있었다. 서류가방을 열어 노트를 꺼냈다. 주저하다가 노트를 다시 덮고 화장대 앞에 앉았다. 거울에 비친 길고 낯선 얼굴은 언제나처럼 그를 당황케 했다. 얼핏 다른 이의 얼굴 같기도 했다. 아버지의 얼굴? 재판장에서 뫼르소를 뚫어지게 바라보던 그 젊은 기자의 얼굴? 어쩌면 클라망스의 얼굴인지도……. 자기를 빤히 쳐다보는 이 타인이 누구일까 생각하니 여전히 거북함이 밀려왔다. 거울 속의 인물도 그렇겠지. 마이크 앞에서 더듬거리며 했던 말을 녹음기로 다시 들으면 자기 목소리가 아닌 것처럼 느껴지는 것과 같은 이치였다.

그가 눈을 떼지 않는 이 거울 속에는 그의 진실을 말해주는 얼굴이 보이지 않았다. 까칠함도 그렇다고 타협하려는 마음도 보이지 않는 이 이상한 은신처의 번쩍이는 심연 속으로 자신도 모르게 빠져들었다. 순간 여러 가지 생각이 교묘하게 엉키더니 니체의 말이 떠올랐다. "내가 나의 악마를 봤을때, 난 그 악마가 근엄하고 치밀하고 통찰력 있으며 엄숙하다는 것을 알았습니다. 그것은 바로 무거움의 정신이었습니다. 그로 인해 모든 것이 추락합니다. 우리는 분노가 아니라 웃음을 통해 죽입니다. 자, 무거움의 정신을 죽이도록 합시다."

그런데 만약 웃음이 절망의 재갈일 뿐이라면?

동풍이 바다 안개를 다른 쪽으로 몰아낼 때 알제에서만 볼 수 있는 푸른 하늘을 향해 그가 반쯤 눈을 감고 누워 있는 이 너른 초원에 침묵이 펼쳐졌다.

"알베르, 일어나야지. 학교 늦겠다!"

"네, 엄마. 잠깐만요. 눈 좀 뜨고요. 거의 다 깼어요."

"이마에 난 상처는 뭐니? 또 공놀이했구나!"

"할머니한텐 아무 말도 하지 마세요. 걱정시켜드릴 필요 없 잖아요. 너무 졸려요. 제 옷이 상태가⋯⋯."

카뮈가 꿈에서 깰 때까지 전화벨이 줄기차게 울려댔다.

"준비됐어요. 바로 내려갑니다."

시계를 쳐다보고 30분도 넘게 잠들어 있었다는 사실에 화들 짝 놀랐다. 관자놀이가 쑤셔왔다. 가슴이 답답한 게 열도 있는 것 같고 현실의 삶에서 멀어진 느낌이었다. 세면대에서 얼음같 이 차가운 물을 묻히고 나니 학창 시절의 꿈속을 헤매던 정신이 번쩍 들었다.

블랑 여사가 손님들을 자리로 안내했을 때, 한적한 곳에 꽃을 비롯해 이런저런 장식이 되어 있는 널찍한 테이블이 준비되어 있었다. 그가 감탄하듯 가볍게 고개를 숙이는 것만으로도 블랑 여사를 기쁘게 하기엔 충분했다. 안느는 기쁨을 감추지 못하며 자기 부모와 알베르에게 동조의 눈길을 보냈다. 알베르는 안느 에게 팔을 내어주며 아주 격식을 차려 그녀가 자리에 앉는 것을 도와주었다.

"아누슈카 아가씨, 오늘 저녁의 여왕은 아가씨입니다!"

곧바로 이어진 식사도 놀라웠다. 세련되고 우아한데다 무엇보다 너무 맛있어서 미세한 맛의 차이에 민감하지 않은 카뮈도 찬사를 보낼 정도였다. 카뮈는 평소와 다르게 미셸 부부와 샴페인을 몇 잔 마셨고, 안느가 케이크에 꽂혀 있는 초를 불어 모두로부터 박수를 받은 후에는 케이크도 배불리 먹었다.

카뮈가 안느에게 연극에 관한 백과사전을 선물하자 미셸이 기다렸다는 듯이 기꺼이 한마디 했다.

"이거 원, 자네 고집도 어지간하네!"

서로 축하의 말을 주고받고는 다시 한 번 건배를 했다.

"성공을 위해!"

카뮈가 외치자 미셸이 말을 받았다.

"바칼로레아를 잘 보라는 얘기로 알겠네!"

"물론이지! 거기다가……."

"자, 두 사람 모두가 좋아할 만한 소식을 전하도록 하지."

미셸이 말을 이었다.

"안느, 대학에 들어가면 알베르 아저씨랑 연극해도 좋다. 하지만…… 하지만 말이야…… 진짜 직업을 가지려면 앞으로도 계속 공부해야 된다, 알았지?"

"네, 아빠, 고마워요!"

안느가 일어나서 모두에게 감사의 키스를 하고는 카뮈에게 윙크를 했다. 카뮈는 아무도 모르게 안느에게 속삭였다.

"너희 아빠는 연극이야말로 진짜 직업이라는 걸 이해 못 하니······."

조촐한 파티에 한껏 기분이 들뜬 자닌이 카뮈를 향해 잔을 들었다.

"올 1960년에는 자격 있는 사람이 극장을 맡아서 연극과 연출에 새로운 바람을 일으키길 바랍니다!"

"내가 그렇게 할 수 있을 거라고 믿는 척하자구요."

카뮈가 자기 잔을 들어 올리자 미셸이 물었다.

"그래, 자네 계획은 얼마만큼 진행되고 있는 거야?"

"말로 장관에게서 답이 오기를 기다리는 중이야. 떠나기 전에 짤막한 글을 써보냈었거든."

"말했지만 그 사람 자네 요청에 꽤나 호의적인데다 자네한테 극장 운영을 맡기고 싶어한다구."

"난 그가 작년에 《미치광이들》에 대해 표했던 정중하고 관례적인 관심 이상의 뭔가를 보여주었으면 하는거지."

"난 그가 그 공연에 연연하지 않을 만큼의 심미안은 있는 사람일 거라고 믿어."

"그럴지도 모르지! 고문인 피에르 무아노와 연극 문제 담당인 조르쥬 엘고지 사이에 있으니, 최상의 지지자들을 만났다고 할 수는 없지. 내가 기술적인 것에 대해 말하면 예산으로 답하는 사람들이라니까. 레카미에 극장을 주겠다는 약속을 받았었는데……. 막연하긴 했지만 어느 정도 확신이 있었는데도 아직 받지 못했잖아. 아테네 극장 쪽은 어떻게 나올지 기다려보는 중이야. 문제는 내가 그 사람들이 '대개 시설이 형편없는 파리의 극장'에서 벗어나고 싶어하는구나 하는 확신이 들지 않는다는 거야. 그러니 새로운 극장이라……게다가 레퍼토리 극장은……."

"분명히 하나 맡게 될 거야."

"어쩌면 에베르토나 르네상스 정도……. 그 정도면 괜찮지. 좌석도 700석 정도 되고 왁스 냄새도 좋고 또…… 뭐랄까? 침묵의 향기도 좋고. 두 극장의 무대에서 숨죽이며 그 시대와 배우와 작가들의 대사를 들어본 적이 있었어. 마치 레퍼토리의 모든 단어가 마술 같은 공간에 갇혀 있는 것 같은 약간은 그런 분위기더라구."

카뮈는 담배 연기에 휩싸인 채 늘상 그러듯이 다시 말수가 적어졌다. 그의 얼굴 위로 우수의 그림자가 드리워졌다. 어쩌면 파티의 분위기를 돋우려고 블랑 여사가 그들이 앉아 있는 테이블 근처에 세워놓은 불룩한 스피커에서 은은하게 퍼져 나오는 음악 때문인지도 몰랐다. 육각형의 소형 아코디언 소리가 탱고 음악에 맞춰 희미하게 울려 퍼졌다. 사람들이 모두 춤추기 좋아하던 알제 근처의 대형 홀이었다면 그 음악을 듣고 카뮈가 가만히 앉아 있지는 않았을 것이다. 춤이 가져다주는 그 비할 데 없는 즐거움을 누리고자 자유로운 삶을 찾아 헤매는 젊은이들이 생-유젠에 있는 구베른느망 광장에서부터 뱅 파도바니 넘어서까지 몰려들곤 했다. 알베르는 육체의 흔들림과 음악의 동요가 소용돌이처럼 뒤엉키면서 순간의 도취가 충만함으로 이어지는 행복감에 저항하지 않았다. 몸을 뒤로 젖히고 어깨를 민첩하게 움직이면서 파트너와 하나가 되어 전혀 거칠지 않게 리드해나갔고 한발 한발 물 흐르듯 움직이다가 8분 쉼표 한 박자에 갑자기 멈추더니 잠시 파트너가 된 두 사람은 다시 우아한 곡선을 그려나갔다.

춤추고 있는 대부분의 사람들과는 달리 알베르는 자신이 꼭 노래의 후렴을 흥얼거려서 흐트러진 머리카락 속으로 사라져버리는 목소리의 매력을 음악의 매력에 더해야 한다고는 생각하지 않았다. 여성 파트너들이 오후 내내 열두 번도 더 듣고 답했을 똑같은 질문을 해대려고 입을 열 생각도 없었다. 알베르는 사람들의 몸이 살짝 스쳤다가 멀어지고 다시 하나가 되는 것이 즐거웠다. 넘실대는 음탕함으로 인해 부드러운 피부 냄새와 자스민 향기 혹은 싸구려 향수 냄새가 풍겼다. 그러나 이런 마술 같은 어울림 속에서 원한의 감정은 조금도 찾아볼 수 없었다.

음악이 끝나면 사라져버릴 것 같은 오직 이 순간의 행복에 굶주려 있던 그는 클라망스처럼 밤새도록 춤을 추었을 것이다. "극한의 피로가 한꺼번에 몰려왔고 난 마침내 존재와 우주의 신비를 이해하게 되었다. 하지만 다음 날 피로는 사라졌고 그와 함께 신비도 자취를 감춰버렸다. 난 다시 앞으로 달려나갔다. 그렇게 여전히 기쁜 마음으로, 그러나 전혀 충족감을 느끼지 못한 채, 어디서 멈춰야 할지 모른 채 하루종일, 음악이 멈추고 불빛이 꺼져버리는 날까지, 저녁때까지 달렸다."

그러다가 육체의 침묵이 행복을 막힘없이 표현하는 때가 찾아왔던 것이다.

리듬이 바뀌면서 몽상이 깨져버렸다. 라디오에서 레 쇼세트 누아르의 최대의 히트곡인 〈넌 너무 말이 많아〉가 흘러나왔다.

"트위스트네! 알베르 아저씨, 저랑 춤춰요."

"나도 그러고 싶지만 춤이라면 난 비밥까지밖에 모른단다."

"비슷한데……."

"아누슈카, 그렇게 말해주니 고맙다만 나중에……."

"저녁부터 아침까지 같은 말, 늘 똑같이 되풀이되는 말만 들리네……." 알베르는 혼성 합창단의 목소리를 짓누르며 쩌렁쩌렁 울리는 드럼 소리 사이로 간간히 들려오는 이 후렴구를 들으며 웃었다.

어렸을 때 포마드를 바른 가수들의 목소리에서 전해지던, 요즘 노래와 비교해도 전혀 뒤지지 않는 부드러운 감동을 되새겨 보았다. '달콤한 마시멜로야'라는 대목에서 오케스트라가 서로 몸을 가까이 붙이기에 좋은 탱고나 슬로우 연주를 시작할 때면 언제나 친구 하나가 떠올랐다. 그의 기억 속에서 폭이 넓은 화려한 치마가 하늘거렸다. 치마가 지나는 길마다 계피와 야생 가죽 냄새가 났다. 초록 눈에 머리카락이 붉은 한 여인이 돌면서 춤추는 무리 속으로 들어가는 자신의 모습이 보였다. 앞에서 그 광경을 본 어머니가 깜짝 놀라셨다.

여름이 시작되는 3월의 어느 오후였다. 평소와 달리 밖에 나가고 싶었던 어머니는 알베르가 시디-페루크 해변으로 바람을 쐬러 가자고 하자 따라나섰다. 뱅 파도바니를 지나가는 길에 당시 가장 유명한 사회자였던 다니 로맹스나 럭키 스타웨이가 라디오 알제의 그랑 오케스트라와 흥겹게 분위기를 띄우고 있는 홀에서 '아주 잠시만' 머무를 생각이었다. 그러나 잠깐의 휴식은 저녁 늦게까지 이어졌고 어머니가 너무나 즐거워하셨다. 그저 꼼짝 않고 의자에 앉아 계시기만 했으면서도 다음 날 이웃에게 "알베르, 걔가…… 춤 잘췄어!"라는 토막말을 하면서 상대가 자기 말을 잘 이해할 수 있게 한 손을 빙글빙글 돌려보였다. 알베르는 자랑스러웠고 감격스러웠다. 자신의 문학적인 재능은 알지 못하는 어머니가 아들의 춤솜씨에 대해서 찬사를 보냈던 것이다. 그 말을 하려고 자신의 침묵마저 깨고 나왔던 것이다.

"알베르? 알베르, 지루한가보구먼……."

"전혀……. 즐거운 이 파티 분위기와 여러분 덕분에 지난 시간들이 떠올랐을 뿐이야."

"알제에서 보냈던?"

"당연하지. 내가 살던 마을과 고향 생각이 자주 나. 내 말을 이해할 수 있을지 모르겠지만 어린아이의 얼굴을 들여다보고 있으면 알제리로 돌아가는 느낌이 들어. 그렇지만 모든 게 다 순수하지만은 않다는 것 정도는 나도 알고 있지."

"어서요, 아저씨. 저랑 춤춰요!"

"그러자꾸나."

알베르는 우아하게 리듬을 타며 광적인 삼바 속으로 아누슈카를 인도했다. 몇 사람이 홀 가운데로 들어와 그들과 함께 춤을 추자 홀은 곧 즉흥 댄스장으로 탈바꿈했다.

"샴페인 좀 더 할 텐가?"

테이블로 돌아온 카뮈가 물었다.

"아니, 난 커피로 할래."

"커피 좋지. 여성분들도?"

종업원이 커피 향이 모락모락 피어오르는 네 개의 잔이 담긴 쟁반을 들고 오는 순간 카뮈의 기억은 다시, 식사 끝에 묵직해진 속을 내려주는 좀 지나치게 우려냈거나 원하면 다시 데워주기도 하는 커피의 독특한 향이 그려내는, 또 다른 화면으로 홀

러들어갔다.

"이 커피는 카스바의 커피랑 향이 정말 똑같군."

"그래? 오늘 저녁은 향수에 젖는 시간인가?"

"그럴지도 모르지……. 어쨌든 알제에 살 때 언덕 위, 카스바에 있던 프로망탱 카페에 가곤 했었지. 진짜 이름은 그게 아니었는데 유젠 프로망탱이 거기에 자주 들렀다는 얘기가 있었거든. 그래서 그의 이름을 따서 그렇게 불렀던 거야. 편의시설도 없고 좀 어두컴컴한 무어인 카페였어. 돗자리 위에 앉아서 손잡이가 긴 커피포트와 함께 조그맣고 하얀 자기 잔에 담겨 나오는 터키식 커피를 마시곤 했지. 그 카페가 유명한 곳은 아니었지만 그곳에는 아랫마을로부터 올라와 우리 발밑에서 사그라지던 북소리에도 방해받지 않는 평화와 정적이 있었어.

그곳에서 말 한 마디 하지 않고 몇 시간을 보내곤 했지. 내 생각에 귀를 기울이면서 말이야. 남루한 옷차림의 손님 몇 명이 꿀향이 나는 물담배를 피우며 자신을 되돌아보는 걸 지켜보면서 말이지. 절대로 침묵을 깰 권리가 없는 이들에게, 그리고 침묵의 동반에 특별한 애정을 느끼는 이들에게 그 작은 싸구려 카페의 침묵은 그 어느 곳보다 나은 안식처 같은 것이었어. 커피를 한 잔 더 주문하고 싶으면 그냥 잔을 들어서 가볍게 흔들기만 하면 될 정도로 모두가 상대방의 침묵을 존중해주었지."

"'절대로 혀가 할 수 없는 그 이상으로 파고드는 침묵의 표현이 있다'는 보쉬에의 말처럼 말이지."

"그게 보쉬에가 한 말이던가?"

"물론이지, 알베르!"

"다시 읽어봐야겠군……. 그새 날이 저물었네. 이제 다들 편안히 잠자리에 들고 싶지 않으신가요?"

충계를 오르면서 카뮈는 자신이 고양이를 얼마나 좋아하는지에 대한 생각이 일기 시작했다. '세상에 드러난 집'에 있을 때부터 루르마랭에 있는 새끼 고양이에 이르기까지. 갈리마르 식구들과 헤어지면서 그는 어머니가 한 번도 아파트에 고양이를 들이길 원하지 않았던 기억이 났다. 처음에는 할머니가 아무 짝에도 쓸모없는 입 하나 더 보태길 결코 원치 않았기 때문이었다. 할머니가 돌아가시고 나서 알베르가 어머니에게 고양이 한 마리를 키우자고 말을 꺼낸 적이 있었다. 어머니는 고양이가 밖에 나가면 금방 깔려죽고 말 것이라고 했다. 그 이후 어느 날, 아파트에서 혼자 지내니까 고양이를 기르시라고 알베르가 계속 조르자 어머니는 "내가 고양이한테 무슨 말을 해? 그리고 고양이가 나한테 무슨 말을 해? 고양이는 짖지도 않잖아!"라고 하셨다.

그는 웃으면서 라디오를 켰다. 이어서 전화를 놓아드리겠다는 것도 극구 마다하던 어머니의 고집에 짜증이 났다.

"문제만 더 생겨. 난 전화벨 소리도 못 들을 거구……. 저쪽에서 하는 말도 못 들을 텐데……. 그리고 난 내 말을 알아듣는 사람한테만 말할 수 있어!"

이것이 어머니가 반대하는 이유였다.

전화가 있으면 어머니 소식도 들을 수 있고 프랑신과 아이들 소식도 전할 수 있을 거라는 말로 설득해보려 했지만 어머니는 들으려고도 하지 않았다.

어머니 집에 전화가 있다면 통화라도 할 수 있으련만. 그곳으로. 지금 이 순간. 어머니에게 이야기를 할 텐데. 어머니는 아무 말씀도 하지 않으시거나 아니면 단어 몇 개 정도 말씀하실 거다. 그것만으로도 충분히 안심이 될 텐데, 그의 이마와 손과 등에 찰싹 달라붙어 떨어지지 않는 이 두려움을 떨쳐버릴 수 있을 텐데. 어머니가 거기 계시다는 것을 알 수 있을 텐데. 별 탈 없이 잘 계시다는 것을. 어머니한테는 단 한 번도 그리 큰 관심의 대상이 되지 못했던 말이나 식구들 간의 소식 이상의 것을 알 수 있을 텐데. 그 도구가 있으면 안심할 수 있을 거라는 판단에서, 또 동시에 둘 사이를 묶고 있던 침묵의 끈을 영원히 끊을 수 있으리라는 것을 알고 있었기에 어머니를 설득할 요량으로 계속 졸라댔던 것이다. 하지만 아무 소용이 없었다.

오늘 저녁도 어머니의 목소리를 들을 수 있으면 좋으련만, 어렸을 적 밤마다 리듬을 맞추던 어머니의 규칙적인 숨소리를 들을 수 있다면 좋으련만. 악몽을 꾸고 나서 달아나버린 잠을 다시 청해야 할 때 어머니의 숨소리를 들으면 안심이 되곤 했었다. 눈을 감고 가벼운 증기가 빠져나가는 것 같은 소리를 똑똑히 듣곤 했었다. 어머니 쪽으로 고개를 돌리고는 최대한 옆에 바짝 붙어 어머니와 같이 숨을 쉬었다. 그렇게 어머니의 꿈을 훔쳐 자기 마음속으로 조금씩 주입시키면 나중에 소리 없는 밤에 그것들을 깨울 수 있었다. 다시 한 번 르네 샤르 생각이 났다. 어느 날 그에게 자기와 어머니와의 이상하고도 서글픈 관계에 대해 말했더니 그가 잠시 사이를 두고는 낮은 목소리로 이렇게 말했었다.

"우리가 사랑하는 사람들과 말을 하지 않게 되었다고 해도 그건 침묵이 아니라네."

오해

두 발로 서서 다시 어머니에게로 달려가 이야기하고 싶었다.
그가 하는 말을 듣지 않고도 어머니는 이해하실 것이다.

1월 4일 월요일, 전날보다 하늘은 덜 흐렸지만 오전 9시쯤 투아세를 떠날 때 날씨가 춥기는 매한가지였다.

지난 며칠 동안 내렸던 비로 길은 여전히 진창인 가운데 소 몇 마리가 빗방울을 뚝뚝 떨구고 있는 큰 나무 밑에 엉겨 있었다. 야윈 말 한 필이 끄는 헌 마차가 길 위를 달리고 있었다. 기억의 수수께끼……. 자신이 쓰고 있는 작품에 나오는 그 광경이 낯익었다. 폭풍우 속을 가로지르는 코르므리의 모습이 머릿속에 그려지더니 마침내 눈앞에 나타났다. 단어가 상상의 공간과 만나는 순간 눈앞에 현실의 공간, 풍경, 상황이 펼쳐지는 것처럼. 아버지의 모습 그대로인 소설의 주인공은 "무표정한 얼굴로 아래에서 이리저리 흔들리고 있는 말의 두 엉덩이를 바라보고 있었다. 꽤 큰 키에 다부진 체격, 긴 얼굴에 이마는 각지고 툭 튀어나왔고 힘있는 턱에 눈이 맑은" 그는 다가오는 새로운 생명을 향해 달리고 있지만 그와 동시에 다른 생명이 사라지고 있음을 알지 못했다. 전쟁이 곧 마른 계곡 속으로 그를 삼켜버릴 것이었다.

마차 안, 그의 옆에는 한창 산통을 겪고 있는 여인이 있었다. 행복해하는 것일까? 체념한 것일까? 고통의 신음소리조차 들리지 않았다.

늘 그렇듯이 가난은 여전히 다시 시작되었다. 카뮈는 1957년 11월과 노벨문학상을 수상했던 일을 다시 떠올렸다. 노벨문학상 수상으로 인해 그를 비방하는 사람들의 거부 운동은 한층 더 확대되었고, 그 중 몇 명은 그가 늘 근원처럼 내세웠던 그의 가난에 대해 서슴지 않고 비난했다. 그는 조금도 부끄러워하는 기색 없이 "내가 인생의 참된 의미라고 생각하는 부분을 가장 확실히 표현할 수 있는 것은 겸손하거나 혹은 오만한 이 사람들을 통해서이다. 예술 작품만으로는 인생의 참된 의미를 찾기에 충분하지 않다"라고 말하곤 했다. 자동차 안에 습한 열기가 느껴졌다. 카뮈는 자신이 표적이 되었던 공격에 대한 기억들을 되새겼다. 좌파뿐만 아니라 우파로부터도 공격을 받았다. 〈아르〉지 1면에 실렸던 카우보이로 묘사된 자신의 캐리커처와 "한림원 회원들은 이번 결정을 통해 자신들이 카뮈를 끝난 작가로 여기고 있음을 입증한 것이다"라는 촌철살인의 문장이 실린 자크 로랑의 기사가 눈앞에 어른거렸다.

"무슨 생각을 그렇게 해……."

"아니, 그냥 노벨문학상 받은 것과 그 이후 '중상모략을 일삼는' 멋진 '파리 사교계'에서 일어났던 일련의 소동들이 다시 생각나서."

"시간이 지나면 누가 옳고 그른지 알게 될 거야!"

"당연한 말씀……. 사정이 그러니까 '사람들이 내 작품에 대해 왈가왈부하는 건 이해가 가. 내가 봐도 내 작품은 이론의 여지가 많아. 그것도 심도 있게 따져볼 만한 것들 말이야. 하지만 사람들이 내 개인에 대해 공격해오면 난 아무런 할 말이 없다구. 어떤 변명을 하든 자기변호가 되어버리잖아. 그리고 놀라운 건 말이지, 오랫동안 억눌렸던 증오가 폭발한 거라는 사실이야.'"

"어디였는지는 기억이 나지 않네만 자네가 썼던 것처럼 '어리석음은 늘 있기 마련이지.'"

"그렇다고 해서 '이런 공격의 극단적인 야비함이 이해가 가는 건 아니라네.' 참아야겠지. 그렇지만 그들이 원하고 명하고 요구하는 것이 구속이라면 얼마든지 해보라지. 그들의 건승을 기원하며 건배!"

절대적이고 확고한 소신으로 똘똘 뭉쳐 있던 성스러운 파리 지식인들은 노벨문학상이 종말을 알려오리라고는 상상도 하지 못했다. 실존주의의 최고 권위자가 포환을 날렸고 다른 사람들은 기뻐했다.

· 오! 사르트르가 가시 돋친 펜으로 얼마나 잔인한 말을 던졌던 가. "암담한 자기도취와 상처받기 쉬운 나약함이 한데 뒤섞여 있어서 언제나 당신에게 온전한 진실을 밝힐 수가 없었습니다……. 당신은 가난했을지 모르지만 더 이상은 그렇지 않습니다. 당신은 장송(Francis Jeanson, 프랑스의 철학자)과 나처럼 부르주아입니다. 당신의 윤리는 도덕주의로 바뀌었고 오늘날 그 윤리는 문학에만 그치고 있지 않습니다. 내일은 아마 외설이 될 겁니다."

"더 한심한 건, 알베르. 난도질하는 말로 사건을 키운 게 그들이 아니라는 거야."

"그렇게 되길 내가 바랐던 건 아닌가 하는 생각이 들어. 왜냐하면 이 좀스런 사상가들은 내 말을 왜곡시키는 법을 알고 있었고, 어떻게 하면 내가 정의와 어머니를 견주고 있다고 말하게 할 수 있는지 알고 있었거든. 정의보다는 어머니를 우선시한다고 말이야."

"내 확신컨대 그게 오래가지는 않을 거야!"

"내 생각은 달라. 그리고 조금이라도 기회만 보였다 하면 덤벼드는 그들과 또다시 논쟁을 벌이는 위험을 무릅쓰지 않고는 개선의 여지도, 내 자신을 정당화할 수 있는 여지도 없을 거라고."

카뮈는 담배를 천천히 길게 들이마셨다. 미셸이 12월 13일에 열었던 기자회견이 아직도 머릿속에 남아 있었다. 노란 머리에 작달만한 젊은 남자가 많은 기자들 틈을 비집고 나오던 모습이 선명하게 떠올랐다. 연단 앞까지 나와 서서는 그가 알제리의 분리 독립을 주장하는 사람들의 편에 서지 않는 것을 격렬히 비난했다.

"그가 누구였는지 그리고 지금은 어떻게 지내는지 궁금하군."

알베르가 큰 소리로 중얼거렸다.

"누구 얘기를 하는 거야?"

미셸이 놀라며 물었다.

"그 젊은 남자 말이야. 기자 회견장에 있었던······."

"알 수가 있나! 미래의 알제리에서 장관 자리라도 하나 제안 받았을지 누가 알······."

카뮈가 소리 없이 웃었다. 그 힘들었던 순간들을 지우기라도 하려는 듯 한 가지 기억이 되살아났다. 노벨상 수상식이 있은 며칠 후였다. 알제로 빨리 돌아가서 같이 연극하던 동료들, 같이 토론하던 동료들, 벨쿠르의 동네 친구들을 만나고 싶었다. 열심히 공부해서 학위증과 함께 감사의 마음을 전할 자격을 갖춘 학생처럼 오랜 스승에게도 인사를 드리고 싶었다. 하지만 가장 먼저 어머니를 찾아갈 것이었다. 어머니에게 수상식, 연설, 갈라 만찬, 스톡홀름 등 모든 것에 대해 다 이야기해드릴 것이다.

어머니는 분명 상 자체가 갖는 중요성보다 그가 상을 탔다는 것에 더 감동할 것이다. 로블레스와 통화했을 때 그가 말하기를 기자들이 어머니의 반응을 취재하려고 떼로 몰려와서 작은 아파트를 점령하는 바람에 어머니가 놀라셨단다. 무슨 일이 일어난 것인지, 사람들이 왜 자기에게 관심을 갖는지 제대로 이해하지 못한 채 그 인파와 소란에 어리둥절해하셨다. 잘라 말하자면, 알베르가 이런 소란의 원인이라는 사실에 좀 화가 나셨던 것이다. 어머니는 한 손으로 로블레스에게 자기 대신 답변을 해달라고 부탁했다. 그 사이 하나같이 아들의 사진을 들고 창문 근처에서

포즈를 취해달라고 부탁하는 사진기자들 앞에서 좀더 단정해 보이기 위해 빗질을 하고 블라우스의 매무새를 다듬었다.

어느 기자는 감정적으로 비약해서 기사를 거창하게 마무리하기도 했다. "……긴 인터뷰가 끝나갈 무렵 최연소 프랑스인 노벨상 수상자의 어머니는 침묵 속으로 숨어버렸다. 분명 모든 국민이 자랑스럽게 여길 만한 이런 영예 앞에서 자신의 기쁨과 자부심을 충분히 표현할 수 있는 말을 더 이상 찾지 못했던 것이리라. 알제리 내에서 프랑스 문화가 이렇게 인정받게 된 데는 한 사람, 알베르 카뮈가 있었다……"

며칠 후, 그는 거기에 있었다. 어머니가 진동을 느끼고 누군가의 느닷없는 등장에 놀라지 않게 늘 하듯이 문을 세게 두드렸다. 그러고 나서 천천히 문을 열고는 잠시 꼼짝 않고 서 있다가 달려가서 어머니를 꼭 끌어안았다. 포옹은 그리 길지 않았다. 포옹이 길어지거나 하는 일은 없었다. 약간 뒤로 물러난 그는 어린 시절의 미소 띤 얼굴 그대로 어머니를 바라보았고, 그 미소에 어머니는 입술을 약간 모으는 것으로 답했는데 그런 표정은 두 사람이 똑같았다. 그 표정은 둘 사이에서만 통하는 기쁨을 나타내는 것이었으며 그 기쁨은 언제나 참을 수 없을 정도로 뜨겁게 달궈졌다가 갑자기 안개 속으로 사라져버리는 알제리의 가을빛처럼 서서히 희미해졌다. 어머니가 창문으로 들어오는 빛을 등지고 의자에 앉을 때쯤 그는 담배에 불을 붙였다. 그리고 어머니가 너무나 보고 싶어졌던 그 기념할 만한 날들에 대한 이야기를 들려드리려고 했다. 신문에서 오린 사진들을 서류 가방에서 꺼내 보여드렸다. 거기에 칼라가 접힌 셔츠에 나비넥타이를 맨 정장 차림의 그가 있었다. 그리고 긴 드레스를 입은 프랑신과 왕이 있었다. 진짜 왕이! 스웨덴 왕이!

어머니는 태연했고 아들이 무슨 이야기를 하는지 따라가고 있었으나 그 내용을 제대로 듣고 있지는 않았다. 낯설지 않은 방심한 듯 보이는 표정으로 사진을 바라보며 고개를 끄덕였고 조그만 하얀 손수건을 한 손가락에 감았다가 다른 손가락에 감기를 반복했다. 그런 행동은 뭔가 불편하거나 불안할 때 하는 것임을 그는 알고 있었다. 일부러 모른 척하며 특별했던 그날들에 대해 이야기를 계속했다. 어머니가 갑자기 손으로 이야기를 멈추라는 신호를 보내더니 자리에서 일어나 주저하는 목소리로 말했다.

"아베르…… 니 바아지 구겨졌어. 다림질해야 해. 벗어!"

어머니가 식탁 위에 덮개와 뜨겁게 달궈진 다리미의 흔적이 남아 있는 누런 낡은 천을 올려놓자, 알베르는 허리띠를 풀고 바지를 벗어 어머니에게 내밀었다. 물을 묻힌 천이 닿자 다리미는 곧바로 성난 고양이 숨소리 같은 소리를 내기 시작했고 살짝 탄 눌은 냄새와 겨울 연통에서 나는 냄새가 풍겼다. 알베르는 속옷에 양말과 구두 차림으로 거기 그렇게 있었다. 다 피운 담배를 끄면서 파리의 중상모략가들 중 누군가가 이 광경을 봤다면 어땠을까 상상하니 웃음이 나왔다.

다림질을 끝내고 어머니는 바지를 의자 등받이에 조심스레 걸쳐놓았다. 바로 입어버리면 다시 주름이 생기기 때문에 좀 기다려야 한다는 걸 그는 알고 있었다. 어린 시절, 월요일 아침이면 다림질된 깨끗한 옷을 얼른 걸치고는 일주일에 한 번 새옷 느낌이 나는 바지에서 피어오르는 따뜻하고 기분좋은 냄새를 맡았던 그때처럼 해보고 싶었다.

"그 얘기라면…… 정말이지 생명보험이라도 하나 들어놔야겠어……."

현실로 돌아온 알베르는 미셸이 무슨 이야기를 하는 건지 감을 잡을 수 없었다. 아마도 라디오의 스피커가 단조로운 목소리로 토해내는 뉴스에 관한 것임이 분명했다.

담배 연기를 내뿜을 때는 아무런 반응이 없던 카뮈가 아랫입술을 내민 채 놀란 표정으로 가만히 있었다. 미셸이 빨간 불로 바뀌는 신호등 앞에서 속도를 줄이는 사이 카뮈는 비아냥거리는 미소를 지으며 한마디 던졌다.

"자네나 내가 갖고 있는 폐를 본다면 보험회사가 그런 위험을 감수할 리가 없을 거야……."

"모르는 일이지! 어쨌거나 대비를 하는 게 낫잖아……."

"그런데 자네한테 그게 무슨 도움이 되지? 살아가는 데 도움이 되는 거야?"

"그냥 보험이잖아……. 다른 것과 똑같은 보험!"

"그러니까 다른 사람들을 위한 보험이라는 말이군. 죄의식에서 벗어나는 방법, 너무 일찍 떠나버리는 것에 대해 변명하는 방법 말이야."

"그렇다고 할 수도 있고. 사정이 그러니까 난처한 일이 생기더라도 보상은 받을 수 있고 죽더라도 자닌과 우리 아이는 안전할 거라는 거지. 게다가 난 자닌 없이 산다는 건 생각도 하지 못할 일이거든……. 그러니까 난 자닌보다 먼저 죽을 거야!"

"내 의견을 말해도 된다면 말이죠."

자닌이 끼어들었다.

"누가 뭐래도 난 정말 살고 싶거든요. 미셸 당신이 있건 없건 말이죠."

"어련하시겠어요, 청개구리 여사님. 그러지 말고 그냥 미셸 먼저 가게 놔두고 당신의 남은 인생을 위해 당신한테 보험금을 남기는 즐거움을 누리게 해주는 건 어때요? 추가로 내가 한 가지 제안할 게 있는데……."

"그게 뭔데요, 알베르?"

"우리의 구멍난 폐로 보자면, 자닌 당신이 우리보다 먼저 죽을 확률보다는 우리가 당신보다 먼저 죽을 확률이 훨씬 높잖아요. 그러니까 우리가 죽으면 방부 처리해서 당신 집 거실에 갖다 놓으면 당신 말동무도 되고 괜찮을 것 같은데……."

"그거 정말 좋은 생각이야."

미셸이 한술 더 뜨자 자닌이 그의 등을 탁 치며 소리질렀다.

"생각만 해도 끔찍해요! 그러기만 해봐요. 확 이사 가 버릴 테니까……."

카뮈는 배꼽이 빠져라 웃어대고는 창문을 내렸다. 뭔가 자극적인 냄새가 자동차 안으로 밀려들어왔다. 카뮈는 무슨 냄새인지 식별해내기 위해 공기를 한껏 들이마셨다. 유칼립투스 향 같기도 했다. 그러나 길에는 플라타너스 나무들만이 즐비했다. 가로수 너머로 종탑이 우뚝 서 있는 마을 쪽으로 널따란 들판이 펼쳐져 있었다. 하지만 언뜻 본 영상이나 멀리 보이는 풍경 같은 별것 아닌 걸로 가장 오래된 기억이 현재를 미화시키는 경우도 있는 법이다.

"미셸? 유칼립투스 냄새가 나는 것 같지 않나?"

"아니……, 전혀!"

무슨 상관이랴. 기억이라는 보조 장치가 작동되었다. 본의 아니게 티지 우주 옆의 좁은 길 위에 있는 자신의 모습이 보였다. 〈알제-레퓌블리캥〉에 기고할 '카빌리의 가난'이라는 제목으로 취재를 할 때였다. 가난의 현장으로 생각이 이어지면서도 이상하게 가장 비통한 장면은 떠오르지 않았다. 눅눅하고 어두운 오두막집에서 갈레트를 나눠먹는 누더기를 걸친 남자들, 썩은

오해 | 115

물이 괴어 있는 도랑에서 장난치는 꼬마 남자아이, 쓰레기통에서 나온 보물을 두고 개와 다투고 있는 또 다른 꼬마 녀석. 아니, 이 모든 영상이 그의 기억 속에 나타나자마자 흐려졌다. 그때 하나의 시선이 느껴졌다. 그 당시 자신이 쓰고 있던 기사 중 하나에서 다루리라 마음먹었던 그런 시선. 하지만 실천하지 못했었다. 고통으로 인해 일그러진 얼굴을 온통 뒤덮은 그 생기 없던 큰 눈을 표현할 수 있는 말을 찾을 수가 없었다. 회색 외투를 걸친 채 나무 밑에 앉아 있는 남자는 나무와 하나가 되어 있었다. 말로는 뭐든 고칠 수 있다고 하는, 말 이외에는 치료 방법을 갖고 있지 않은 의사의 모습으로 변했다. 카뮈가《페스트》의 등장인물들을 만들어내기 전에 이미 자기 안에 갖고 있던 타루 같은 존재. "'깍지 낀 두 손을 허벅지 위에 놓고 의자에 앉아서 옆에 내려앉은 작은 그림자를 바라보고 있을 때' 그의 눈에서도 똑같은 고독감이 읽혔다. '그리고 그 작은 그림자를 그가 너무도 유심히 바라보자 리유 부인은 손가락을 입술에 대고 일어나서 침대 옆에 있는 램프를 껐다.'"

그 심연의 시선 위로 어둠이 내린 지도 어언 20년이 넘었는데, 이제 그 시선이 밝아지면서 고통은 배가 되고 먼 곳에서 서로 다른 모습을 하고 있는 수많은 얼굴들을 드러냈다. 그 얼굴들은 여전히 분노와 체념에 너무나 가까웠다. 그 눈은 그가 젊은 시절〈알제-레퓌블리캥〉의 기자로 있었을 때 재판 과정을 지켜봤던 '오리보의 방화범' 중 한 명의 눈이었다. 그는 불어를 한 마디도 할 줄 몰랐고 자신을 욕먹어 마땅한 테러리스트, 문화의 반역자로 취급하는 검은옷 속에 호기심을 감춘 재판관의 노여움을 증대시킬까 봐 두려워 감히 아랍어로 말할 용기를 내지 못했던 것이다. 이 모든 일은 입을 다물고 있는 다른 사람들과 함께 그가 피착취자로서의 체념을 거부했기 때문에 일어났던 것이다. 자기 오두막에 불을 질렀을때 그는 몇 주 동안 임금을 받지 못했다는 사실에 이목을 집중시키고 싶었던 것이다. 그는 자신을 희생자라고 생각했고, '사유시설 파손' 이라는 죄를 지었다. 그때 그는 또다시 아무 말도 하지 않았다. 자신의 말없는 시선에 담겨 있는 증오를 내보이지 않기 위해 고개를 숙이고 있었다. 그는 아무것도 모른 채, 고대 로마에서 노예들의 침묵을 감시하는 역할만 하던 침묵 집회인이라 불리던 사람들과 마주하고 있었다. 그들은 재판관처럼 피고인이 입을 열지 못하게 했다.

피고인은 신경질적으로 자기 손가락을 만지작거렸고 통제조공장에서 파업이 진행되는 동안 말없는 사람들이 그랬던 것처럼 체념하고 있었다. 발레스테르 노인처럼 그들은 "입을 다물고 있었는데 패배자들의 등장에 굴욕을 느꼈고 그들 자신의 침묵에 화가 났으나 침묵이 길어질수록 점점 더 그 침묵을 끊을 자신이 없어졌다." 삼촌이 늘 말했던 것처럼 "윗사람들한테 가서 말해봐야 아무 짝에 소용이 없어. 그 사람들은 윗사람이거든!"

그들은 다가왔다가 멀어져갔고 그를 슬쩍 바라보다가 기억의 저편으로 들어가버렸다. 그가 라디오-알제의 유랑극단과 함께 외딴 마을들의 광장을 돌면서 올렸던 연극무대에서부터 법정으로, 카빌리의 거리 속으로, 알제나 티아레의 거리 속으로 들어가버렸다. 그는 너무 오랫동안 닫혀 있던 말들이 희망의 불꽃처럼 빛나던 바로 그 시선들과 마주쳤다.

다른 이들의 말, 자기 자신의 말, 긴 침묵 사이사이에 어쩌다 그가 하는 모든 말들. 그때는 마치 말 안에서 '거대한 고독이 소용돌이치는 것' 같았다. 그리고 클라망스가 장벽을 쌓기 위한 수단으로 사용했던 수다는 죄인들의 요란한 자백으로 터져 나왔다. 수다는 그를 배반하는 수많은 날카로운 기호, 즉 양날의 검, 날카로운 음절이었으며 그 음절로 인해 그는 스스로 목숨을 끊게 되리라. 그는 더 이상 홀로 남아 자기 자신을 마주할 용기가 없었다. 다시 한 번 넘지 못할지도 모르는 언덕을 마주하고 자신의 바위 앞에서 주춤거렸다.

법정 안에서 말하기를 거부한 채 판정을 기다리고 있던 뫼르소가 그를 빤히 쳐다보고 있었다. 그와 마주하고 있는 기자는 자기 인생과 자기 자신의 이야기에 낯설어하는 그에게서 자신의 모습을 발견한 것 같았다. 다른 많은 이들처럼 수많은 이방인들이 뫼르소의 침묵을 받아들였다. "왜냐하면 그는 원칙대로 행동하지 않으니까. 그런 의미에서 그는 개인적이고 외롭고 감각적인 삶의 변두리에서 자신이 살고 떠돌고 소외되는 사회에서 이방인인 것이다. 그렇기 때문에 독자들은 그를 낙오자로 여기고 싶어했던 것이다. 뫼르소는 원칙에 따라 행동하지 않는다. 답은 간단하다. 그는 거짓말하기를 거부하고 있는 것이다."

거울 속의 모습들…… 카뮈는 자기에게 어머니의 윤곽과 혼동되는 모든 얼굴들을 비춰주는 거울 앞에 서 있는 느낌이었다.

카뮈가 어깨를 으쓱하고는 눈을 깜박였다. 미셸은 이마를 찡그리는 친구의 모습을 흘깃 쳐다보았다. 뭘 물어볼까 하다가 그냥 생각에 잠기게 놔두기로 했다. 사연 없는 말에 의미를 부여할줄 모르는 버림받은 이들, 비참한 이들, 남자들, 여자들, 카뮈는 이들 군상을 향해 생각을 진전시켰다.

"그런데 우린 왜 그렇게 말을 하고 싶어 안달하는 걸까?"

카뮈의 말에 어리둥절해하는 미셸이 아이러니하게 대답했다.

"그렇게 말한 건 자네잖아…… 하지만 말이 없다면 자넨 뭘할 수 있을 것 같아? 원고를 끝낼 수도 없을 텐데……"

"하지만 고대 철학자들은 '읽고 쓰는 것보다 생각을 더 많이했단 말이야. 그래서 구체적인 것에 그렇게까지 근접했던 거라구.' 지금의 우리는 뭐든지 다 고칠 수 있다, 말로 모든 것을 고칠 수 있다고 믿는 의사인데 말이야……"

"약간은 그런 면이 있긴 하지. 하지만 거기에서 즐거움이나

도피 혹은 성찰을 찾는 독자들도 생각해야지. 근데, 자네 지금 쓰고 있는 글 제목은 정했나?"

"꼭 정했다고 볼 순 없지. 《아담》으로 할까 아니면 《최초의 인간》으로 할까…… 아직 고민 중이야. 하지만 두 번째 제목이 좀더 나은 것 같아. 더 진실한 것 같고."

도로는 그의 추억, 선명하게 떠오르는 얼굴들과 반대 방향으로 이어졌다. 그때 그의 속에서는 안도감이 솟아올랐는데 어머니의 아파트에 들어설 때, 리옹 가의 방을 나서 평온과 불안이 공존하는 세계로 향할 때면 들던 바로 그런 절정의 행복감이 차오르고 있었다. 그가 들어선 그 세계에서는 그림자들이 이리저리 지나다녔지만 부드럽고 거부할 수 없는 현재를 방해하지는 않았다. 그는 "자기 안에 거대한 침묵이 있음을 느꼈다." 약간은 "한낮의 균형"에 직면한 최후의 방어 같았다.

이름 없는 그리고 이제는 혀도 없고 말도 없는 선교사가 느꼈던 것이 바로 해방된 고통이라는 이런 괴이한 느낌이었을 것이다. 마치 또 하나의 혀가 머릿속에서 쉴새없이 움직이는 것 같은 그런 느낌 말이다. 고통보다 강한 그는 쏟아져 나오는 피가 자신의 숨통을 죄어오는 것에도 아랑곳하지 않고 '무언가가 말하는 소리를 혹은 누군가가 갑자기 입을 다무는 소리'를 듣는다. 말은 고통과 그로 인한 고통을 초월하는 법이다. 바로 앞 장면에서 분명 하늘이 "귀청이 찢어질 것 같은 단 한 번의 짧은

음"으로 울리는 듯 했고, "그 메아리가 여인의 머리 위의 공간을 점점 메우다가 불현듯 잠잠해지자 그 여인은 끝이 보이지 않는 광활함 앞에서 그렇게 조용히 남겨졌다."

그 비명 소리, 생명이라곤 찾아볼 수 없는 밤이 짓눌러버린 그 탄식……. 상상 속에서 혹은 실제로 마주쳤던 시선들 속에서 그는 종종 그 비명 소리와 탄식을 느꼈다. 뭐라 정의할 수 없던 기다림이 때로는 너무 버거워서 그 기다림을 말로 묶어야 했다. 다른 사람들을 대신해 말을 해야했고, 다른 사람들 때문에 말을 했어야 했다. 일상에 관해 쓴 이야기에 대해서. "그를 짓누르는 힘 앞에서 프로메테우스의 긴 침묵이 여전히 소리치고" 있었으므로.

이런저런 생각이 혼란스럽게 마구 뒤섞이는 가운데, 서로 많이 닮아 있는 실존 인물들과 작품 속 등장인물들을 마주칠 때마다 그들이 누구인지 기억이 났다. 그들의 눈에는 하나같이 억눌림과 가슴속에 눌러붙어 있는 고통이 서려 있었다.

불가능을 추구했던 칼리굴라는 자유를 얻고자 변증법의 길로 나아가지만, 그 자유는 그가 너무 오랫동안 경멸해왔던 사람들의 무력 앞에서 절규한다.

"평화라는 것이 침묵 속에서 사랑하고 창조하는 것이라면" 왜 그렇게 소리치고 거부하고 말하고 규탄하는 것일까?

카뮈는 온몸에 소름끼치는 전율을 느꼈다. 혼란스러움에 소리치고 싶었다. 하지만 너무 늦어버렸다. 오해로 인해 무차별한 죽음의 놀이가 자행되었고 그 시체들 속에서 어머니의 모습이 보였다.

나무들이 즐비하게 늘어서 있는 도로를 따라 북쪽으로 도망치고 있지만 절망적인 밤에서 빠져나오기에는 너무 늦어버렸다.

그는 숨이 막혀왔다. 차를, 그에게서 달아나는 시간을 멈추고 싶었다. 두 발로 서서 다시 어머니에게로 달려가 이야기하고 싶었다. 그가 하는 말을 듣지 않고도 어머니는 이해하실 것이다. 어머니에게 외치고 싶었다……. 정확히 무엇을 외치고 싶은 것인가? 그의 고통. 《고통》……. 친숙한 이 단어를 어느 날인가 아코 삼촌의 서재 책장에서 우연히 발견했었다. 앙드레 드 리쇼가 쓴 책의 제목이었다. 빈민가에 살 때부터 가난에 꼬리표처럼 달라붙는 고통을 내색하지 않는 법을 배웠던 카뮈는 그 순간 이런 것들로 소설을 쓸 수 있다는 것을 니체나 지드나 마르크스의 책을 읽었을 때보다 더 확실하게 이해할 수 있었다.

《고통》은 그에게 창작의 문을 열어주었다. 고통을 짊어져야만했던 자신의 역할이 무엇인지 그때부터 막연히 느꼈던 것이다. "나의 고집스런 침묵, 막연하고 오만한 고통, 나를 둘러싸고 있던 독특한 세계, 내 가족의 고결함, 그들의 비참함, 나의 비밀까지, 그러니까 그 모든 것이 이야깃거리가 될 수 있었다."

유리별

마침내 잠을 잘 수 있었고 한 번도 벗어나지 못했던 어린 시절로,
그가 살 수 있도록 그리고 모든 걸 극복할 수 있도록 도와준
따뜻한 가난과 빛의 신비로 돌아갈 수 있었다.

마을을 지날 때면 사라지는 플라타너스 가로수 사이로 국도
가 구불구불하게 펼쳐졌다. 마콩과 샬롱-쉬르-사온을 지난 후
에 본에서 잠깐 쉬어가자는 미셸의 제안에도 불구하고 일행은
길을 재촉했다. 미셸이 특급 포도주를 아주 좋아한다는 것을 알
면서도 짐짓 알베르는 친구의 속셈을 다 안다는 식으로 말했다.

"이봐, 미셸! 자네 아직 요양원에 들락거릴 나이는 아니잖
아."

운전자는 투덜거리며 하는 수 없이 오세르 방향으로 계속 달
렸다.

"그렇게 말했던 건 다 자네를 위해서 그런 거였다구!"

"신경 써줘서 고맙네. 하지만 난 피곤하지 않아. 다들 파리까
지 그냥 쭉 가는 데 문제없다니까…… 안 그래요, 자넨?"

"물론이죠. 그래도 파리에 도착하기 전에 조용히 점심이나
하게 잠시 쉬면 어떨까 하는데."

"제안을 하나 하지요. 여러분을 내가 근사한 곳으로 초대할
게요. 상스에 있는 호텔인데, 보면 알겠지만 주변 환경도 쾌적
하고 음식도 아주 괜찮아요."

"좋지!"

미셸은 이렇게 동의하고 내친김에 핸들에 몸을 바짝 붙여 보
이며 속도를 내는 시늉을 했다.

자동차가 달리고 어렴풋한 추억 속 풍경이 지나가면서 카뮈는

몇십 년 뒤로 흘러가 있었다. "그렇게 내가 세상의 안과 마주하게 된 것은 1월의 어느 오후였다. 그러나 대기 중에는 여전히 추위가 남아 있었다. 사방은 손톱 밑에서 부서질 것 같은 그러나 모든 것을 영원한 미소로 덮어버리는 태양막으로 덮여 있었다."

그가 살짝 잠이 들었다 싶었을 때 미셸이 곧 상스에 도착할 것이라고 알려주었다.

"10분쯤 더 가면 도착이야!"

"잘됐군. 난 배가 좀 고프기 시작하는데……. 여성분들은 어떠신가요?"

"배도 배지만 저흰 빨리 저린 다리를 좀 풀고 싶어요."

아누슈카가 말했다.

"이 차는 기계공학적인 모델일지는 모르겠지만 승차감은 영 꽝이네요. 차에서 내릴 때쯤에나 이 차에 대해 최고의 찬사를 하게 될 것 같은데요!"

"다시 출발할 때는 두 사람 중 한 명이 앞자리에 타도록 해요."

자동차가 마을을 가리키는 푯말을 지나칠 때쯤 카뮈가 제안했다. 미셸은 카뮈에게 턱으로 어디냐고 물었다.

"앞으로 곧장 가게, 성당 앞까지. 거기에 주차하면 돼."

내리자마자 카뮈는 이 마을에 들를 때마다 늘 보았던 생테티엔 성당을 새삼스레 쳐다보았다. 성당은 외벽만 보면 마치 건축

가들이 종탑 하나를 마저 세우지 않은 파리의 노트르담 성당 같은 인상을 주었다. 성당, 교회, 고대 도시……. "고통 옆에 치료책을 마련해놓은 것처럼 절망 옆에 호의를 마련해" 놓았던 모든 신들을 위해 바치는 늘 한결같은 과도한 에너지, 노동, 피로, 그리고 아름다움……. 종루에서 울려 퍼지는 종소리를 들으며 그는 "나를 고통으로부터 곧 해방시켜줄 눈물로 가득한 침묵이 내 안에 싹트게 한 풀과 허무의 내음처럼"이란 표현과 함께 어느 이탈리아 수도원의 평화로움을 떠올렸다. 토스카나의 작은 마을인 산세폴크로의 교회를 장식한 피에로 델라 프란체스카의 《예수의 부활》 앞에 섰을 때와 같은 느낌이었다. 그곳의 예수는 너무도 달랐다. "그의 얼굴에서는 행복이라고는 전혀 찾아볼 수 없었다. 단지 영혼이 없는 완강한 위대함만이 그려져 있어서 난 삶에 대한 결의라고밖에는 생각할 수 없었다." 그의 기억 속에 또렷이 각인되어 있는 위대한 작품. 풍경, 잠들어 있는 병사들, 그리고 무덤에서 빠져나오는 예수 등의 세 가지 구도가 나란히 묘사되어 있는 거대한 작품이 다시 눈앞에 펼쳐졌다. 사회규범의 비판적 관찰자인 알두 헉슬리는 이 그림 속의 예수를 '고대 육상선수 같은' 예수라고 표현한 바 있으며, 원근법의 거장인 피에로 델라 프란체스카의 이 작품을 '세상에서 가장 아름다운 작품'이라고 평했다.

카뮈는 그 걸작과 함께 어디에도 비할 데 없는 이 작품을 구해낸, 세간에서는 잊혀진 파커 중위에 관한 신비한 이야기를 떠올렸다. 제2차 세계대전 당시 이 젊은 영국 장교는 자신의 포병부대를 이끌고 산세폴크로 마을 맞은편에 있는 해안에 도착했다. 그에게 대포를 쏘라는 명령이 내려진 바로 그때 헉슬리의 책에서 '세계에서 가장 아름다운 작품'이 산세폴크로 교회에 있다는 내용을 읽었던 기억이 났다. 대포는 이미 장전되어 있었다. 그러나 그는 돌연 발포 중지 명령을 내렸다. 상사의 명령에 불복종함으로써 그는 '세계에서 가장 아름다운 작품'에 유산이라는 낱말을 붙여주었고, 가차없는 침묵으로부터 예술작품을 구할 수 있었다.

말, 말, 말!

말은 '침묵과 생명 없는 돌무더기'일 뿐인 인간의 진가보다 우세함을 증명할 수 있었다. "그 외 나머지는 역사에 속하는 문제인 것이다."

파커 중위의 모험이 떠오를 때마다 그는 어머니, 벨쿠르와 카빌리의 가난한 사람들, 자기 소설 속의 가난한 이들, 이 모든 사람들의 침묵과 벙어리들의 웅얼거림으로는 접근할 수 없었던 귀중한 보물을 구해낸 말 사이에서 '정오 방향'의 균형을 찾는 것이 얼마나 어려운가를 자각하곤 했다. 아직까지도 그것을 찾지 못한 상태였다.

호텔 주인장인 상드레 씨가 여러 번 자기 집에서 식사를 해안면이 있는 카뮈를 반갑게 맞이했다. 서로의 소개가 끝나자 그는 커다란 벽난로에서 장작불이 타닥타닥 소리를 내고 있는 널찍한 식당으로 일행을 안내했다. 일행은 자리에 앉으면서 식당에서 가장 자랑하는 요리인 빨간 꽃장식이 곁들여진 사과 부댕을 먹기로 했다. 그 꽃 장식을 보고 미셸은 입에 침이 마르도록 칭찬을 했다.

식사는 비교적 간소했고 식당에 손님이 꽤 있었으므로 일행은 조금 서둘러 식사를 마쳤다. 한 시간 후 그들은 자정이 되기 전에 파리에 도착해야겠다는 생각으로 다시 길을 나섰다.

식당을 떠날 때 다른 테이블에 앉아 있는 한 여성이 카뮈에게 은근히 아는 척을 하더니 활짝 웃으며 인사를 하자 카뮈도 인사를 건넸다.

"아는 사람이야?"

미셸이 물었다.

"전혀……글쎄, 모르는 사람일걸."

"알베르한테 여자들이 꼬이는 거 잘 알면서 그래요!"

자닌이 남편의 팔을 끌면서 속삭였다.

"중요한 건 내가 그 여자들을 모두 행복하게 만들었다는 거지요."

알베르가 다 들었다는 표정으로 이야기했다.

"어떻게 보면 자넨 자네 매력의 희생자야, 안 그래?"

"오, 매력이라. 그건 명확한 질문은 전혀 하지 않고서도 '네' 라는 대답을 받아내는 수단이지."

"돈 주앙의 수법이란 말이군. 어떤 면에서는 말이야……."

"아이쿠! 난 '모든 여자를 사랑하는 사람은 추상을 쫓고 있는 사람'이라는 점을 믿어 의심치 않는다구. 그런 사람들은 이 세상에 무엇이 나타나든지 간에 세상을 이용하지. 왜냐하면 각자의 독특함과 특이한 경우를 외면하거든."

알베르는 자기 어머니의 얼굴을 하고 있는 특이한 경우를 생각했다. 삶의 역경을 잠재우는 행복의 침묵을 통해 격렬한 사랑 이외에는 아무것도 표현하지 않는 선량하고 깊은 그 시선. 어찌 보면 닫혀 있는 사전같이, 내뱉어지지 않은 수많은 말을 담고 있는 그 고통스럽고 귀중한 침묵을 그는 알고 있었다. 이걸 보면 알베르 카뮈가 사무실 책상에서 답안지를 채점할 때 왜 말없는 여인을 필요로 하는지가 아마도 설명될 것이다. 단순함이자 순수함이며 빈민가에 대한 그의 최초의 메아리에 대한 변함없는 사랑의 표시인 존재. 밀봉된 말상자…….

"알두 헉슬리가 어떻게 죽었는지 알아?"

카뮈의 질문에 미셸은 좀 당황해했다.

"아니! 왜 그런 질문을 하는 건가?"

"설명해주지. 피에로 델라 프란체스카의 《예수 부활》에 관한 얘기야……."

"솔직히 말하자면 무슨 말인지 더 모르겠어. 그건 그렇고 그 선량한 헉슬리가 어떻게 죽었는데?"

"목소리가 안 나와서 죽었어. 평생 글을 쓰고 말을 하고 위험을 예견하려던 그가……말의 사용법을 잃어버렸던 거지. 그는 참을 수가 없었나 봐. 다량의 환각제를 집어삼키고 침묵의 밤속으로 떠나버렸거든……. 자넨, 앞에 타요. 그럼 훨씬 편할 거예요!"

"아니요, 당신 다리가 더 길잖아요. 그리고 갈 길이 많이 남은 것도 아닌데요, 뭐."

"괜찮겠어요? 그렇다면…… 편할 대로해요."

그곳을 막 출발했을 때 헌병 한 명이 주차장을 떠나는 트럭 한대를 보내주기 위해 그들에게 멈추라는 신호를 보냈다.

"다행히도 헌병이 있었구먼. 저 사람 아니었으면 우린 분명 세미 트레일러가 나오는 걸 못 봤을 거야."

미셸이 방금 그에게 길을 열어준 헌병에게 인사를 하며 이죽거렸다.

"헌병 얘기가 나왔으니 말인데, 얼마 전에 아주 재미있는 일이 있었지……."

"얘기해주세요, 빨리요!"

아누슈카가 재촉했다.

"내 낡은 시트로엥을 운전하고 아비뇽으로 가는 길이었어. 어느 교차로에서 헌병이 길을 막더니 레미가 질투를 느낄 만한 억양으로 말하더라구. '검문입니다. 신분증과 차량등록증을 보여주십시오.' 난 아주 공손한 태도로 보여줬지. 그러자 헌병이 신분증에 적혀 있는 내 직업을 보더니 조심스럽게 묻더군. '정확히 뭘 쓰십니까?' '소설을 쓰는데요…….' 그랬지. '연애소설이나 탐정소설 같은 거요?' 라고 묻기에 '반, 반이죠!' 그랬더니 그제야 안심한듯 만족스러운 표정으로 내 서류를 돌려주더라구."

미셸과 자닌 그리고 안느가 깔깔대며 웃었다. 개가 짖었다. 차갑고 우중충한 작은 마을이 길게 늘어서 있고 간간이 가축들이 풀을 뜯고 있었다. 눈에 잘 띄지 않는 커브길이 드문드문 있을 뿐 직선 코스의 단조롭고 볼품없는 5번 국도가 펼쳐졌다.

카뮈는 저녁 약속에 대해 생각했다. 요즘같이 파티가 많은 시기에는 행정기관과 정부 부처가 빠르게 돌아가지 않는다 하더라도 일단 사무실에 들러 우편물을 확인해야 했다. 어쩌면 비서가 말로 장관으로부터 답신을 받았을지도 몰랐다.

얼룩진 외벽의 호텔, 로봇 펭귄처럼 생긴 주유소의 주유기. 파리 시내가 얼마 남지 않았다. 자동차 안에 침묵이 흘렀다.

"길이 너무…… 그렇지 않아?"

카뮈가 물었다.

"아니, 괜찮아. 좀 미끄럽긴 하지만 넓고 사람도 많지 않잖아!"

"저 마을은 뭐지?"

"프티-빌블르뱅. 분위기가 너무 조용하군. 저기 사는 사람들은 놀거리도 별로 없겠어."

"그러게. 쓸데없는 데 정신 파는 일도 없겠지!"

"제~기랄……."

"왜 그래? 무슨 일이야? 핸들을 똑바로 해! 똑바로……."

차가 더 이상 말을 듣지 않았다. 핸들이 왼쪽으로 꺾였다. 다시 오른쪽으로. 차가 이리저리 흔들렸다. 위아래로 요동을 쳤다. 뒤에서 비명 소리가 들렸다. 낑낑대는 강아지 소리. 차가 계속, 계속, 시간을 거슬러 새로운 공간으로 빠져드는 것처럼 하염없이 미끄러졌다. 그래 그런 거였다! 마치 영화관…… 록시에서처럼……아니, 록시가 아니었다. 어쨌든 할머니가 눈을 감고 둥글게 팔을 들어올렸다.

"알베르, 그만 웃어! 우리 차와 부딪치겠어!"

소년이 웃었다.

"웃음이 안 멈춰요!"

차가 날뛰었다. 도로를 벗어났다. 웃음소리가 점점 줄어들더니 간간이 자닌의 비명 소리와 미셸의 비명 소리가 들렸다. 안느가 우는 건가? 아니다. 차가 화면을 뚫고 나갈듯 미끄러지는 영화 속에서는 울지 않았다.

"벌써 윗도리가 다 구겨져버렸잖아……. 그 영화 생각나? 제목 말이야"

다시 왼쪽으로 미끄러졌다. 그리고 이번에는 오른쪽으로. 파셀 베가가 첫 번째 플라타너스에 부딪히는 순간, 알베르의 머릿속에서 기억이 끊임없이 펼쳐졌다.

"흰 잔이네! 행운이야."

어머니가 손가락 끝을 방수포 위에 흐르고 있는 포도주에 담갔다가 누군가의 이마에 갖다댔다……. 핸들을 놓은 미셸의 손이 천천히 퍼덕이다 뭔가 잔뜩 덮여 있는 머리 위로 올라갔다.

"엄마! 그건 포도주가 아니에요."

"넌 그게 무엇이면 좋겠는데?"

포도주가 흘러내리고 마치 몇 개의 빨간 방울이 어머니를 취하게 만든 것처럼 어머니가 말을, 말을 했다. 유리별이 차 안으로 날리더니 얼굴을 후려쳤다. 사블레트 해변에, 사구에 폭풍우가 몰아치듯, 입안에 뭔가 가득 들어차 움직일 수도 말을 할 수도 없는……. 무슨 말을 하지? 운전자의 몸이 천천히 자동차 지붕 위로 솟아오르더니 어떻게든 움직여보려고 하다가 물속에 떠 있는 꼭두각시처럼 사지가 자유자재로 움직이는 순간, 아이의 웃음소리가 집 안 곳곳에 퍼졌다.

"베르! 수영하러 가자."

"못 가는구나!"

그렇다. 그는 자기 옆에서 춤추는 안느, 흰 개의 옆을 스쳐서

밑으로 멀어지는 안느를 살펴줘야 했다.

차가 다시 미끄러졌다. 둥글납작한 접착 고무로 장식한 검은 색 대형 타이어를 타고 둥둥 떠 있는 아이들을 노려보며 알제 항을 떠나던 대형 요트처럼 하얗고 조용하게. 로비고 거리 커브 길에서 흔들리는 전차의 삐걱거리는 소리가 들렸다. 이번에는 바위가 보였다……. 덩치 큰 차는 보이지 않는 파도에 들려 올라갔다. 나무와 금속판이 부러지는 소리가 뒤섞였다.

"엄……."

서류가방을 잡으려고 손을 뻗었다. 그리고 편지도. 왜 "나의 마지막 편지야!"라고 썼을까? 미…… 미가 뭐라고 생각할까? 서류가방. 머리가 뒤 유리창에 부딪쳤다. 아파, 아파, 엄. 어머니는 이해하지 못할 것이다. 괜찮아. 훨씬 나아졌어. 팔이 나무 줄기를 스치고 지나갔다. 여태껏 그렇게 높이 올라가본 적이 없었다. 웃음이 나왔다.

"사람은…… 날 수가 없는 거야!"

보세요, 삼촌. 날 수 있잖아요. 딱 일 분만. 말 몇 마디 하고, 편지 한 통 쓰고, 사고와 원고에 대해 설명할 수 있게. 하지만 먼저 초원 위에, 나무로 날아가는 종이들을 다 잡을 수 있게……. "코르므리! 돌아와요!"

휴우! 동풍이 바다 안개를 다른 쪽으로 밀어버리자 알제에서만 볼 수 있는 파란 하늘이 거기 있었다. 그가 반쯤 눈을 뜬 채

로 골짜기에서 잠든 이의 연기를 하고 있는 그 너른 초원에 이
제 다시 정적이 흘렀다.

"알베르, 일어나야지. 늦겠다!"

"네, 엄마. 잠깐만요. 눈 좀 뜨고요. 거의 다 깼어요."

"이마에 이 혹은 뭐니? 또 축구했구나!"

"할머니한텐 아무 말도 하지 마세요. 걱정시켜드릴 필요 없
잖아요. 너무 졸려요. 제 옷이 상태가……."

리듬이 느려진다. 시간의 리듬, 관자놀이 밑을 도는 피의 리
듬. 노트를 찾아서 써야 하는데……. 어머니가 사고 소식을 듣
고 "아직 너무 젊은데……"라는 세 마디밖에 하지 못하는 장면
을 덧붙일 것이다. 사막처럼 고통스럽고 불분명한, 속으로 삼켜
버린 수많은 문장들이 묻혀 있는 오랜 침묵 후에 내뱉는 세 마
디. 커다란 불덩이가 목줄기를 타고 내려가 저 밑에서 타올라도
어머니는 울 수가 없었다. 노인의 시선이 책장 위에 놓여 있는
사진 쪽으로 저절로 옮겨진다. 그가 거기에 있었다. 바바리코트
를 걸치고 손에는 담배 한 대를 들고 있는 그의 비스듬한 시선
은 어머니의 그것과 마주칠 수 없었다.

도대체 수첩이 어디에 있지? 펜은? 있는 힘을 다해서 양복 안
쪽 주머니에서 꺼내야 한다. 이따가 하자. 곧 과거가 되어버릴
미래의 긴 휴식이 지나고 나서……. 약간 한기를 느꼈지만 그는
"바다에 드러누워 숨을 쉬고 있었다. 넘실대는 파도를 타고 이

리저리 움직이는 태양 아래에서 숨을 쉬었다. 마침내 잠을 잘 수 있었고 한 번도 벗어나지 못했던 어린 시절로, 그가 살 수 있도록 그리고 모든 걸 극복할 수 있도록 도와준 따뜻한 가난과 빛의 신비로 돌아갈 수 있었다."

그리고 나서 천천히, 아주 천천히 "나는 얼굴에 쏟아지는 별과 함께 잠에서 깨어났다."

후기

　1월 4일 오후, 수많은 알제의 기자들이 카뮈 어머니의 이야기를 듣고자 리옹 가 93번지 아파트로 몰려들었다. 그녀가 아직 아들의 죽음에 관한 소식을 듣지 못했음을 알고는 주소를 잘못 안 것 같다며 그 자리를 떠났다.

　파업에도 불구하고 프랑스 라디오 기자들은 녹음해둔 음악 방송을 중단하고 5분간 카뮈에 대한 조의를 표했다. 전세계의 기자들이 1면의 기사를 바꿔 앙드레 말로 문화부장관이 '사람들 마음속에 프랑스를 남아 있게 만든 사람 중 하나'로 높이 평가한 이의 죽음을 다루었다.

　1960년 1월 6일, 밤새 이름 모를 많은 사람들과 카뮈의 몇몇 친구들이 그의 시신이 옮겨진 루르마랭의 집 앞에 모였다. 마을 사람 네 명이 관을 들었고 카뮈의 아내와 그의 형 뤼시앙, 르네 샤르, 쥘 루아, 엠마뉘엘 로블레스, 루이 기유, 가스통 갈리마르, 그리고 마을의 청소년 축구선수들을 비롯해 그와 면식이 있는 사람들이 그 뒤를 따랐다. '기막히게 아름다움에도 불구하고 장중하고 근엄한 나라'의 다소 춥고 무기력했던 그날, 장례 행렬은 천천히 앞으로 나아갔다.

장지에서 프랑신 카뮈가 관 위에 장미 한송이를 던졌다. 시장이 짤막하게 연설을 했고 나무 관 위에 떨어지는 흙이 침묵을 깰 뿐이었다.

바야흐로 묵념의 시간이었다. 공식 성명과 전보가 끊이지 않았다. 모두가 경의와 비탄에 젖어 있었다.

시대가 바뀌었던 것이다. 엄청난 공격과 악의를 견디다 못해 끝내는 고통스러운 침묵 속으로 스스로를 가두어버렸던 카뮈. 그의 옆에서 함께 걷기를 악착같이 거부하던 어제의 중상모략가들이 오늘 그의 죽음 앞에서 모두들 슬퍼하고 있었다.

맨 처음 공격은 좌파에서 시작되었다. 특히나 공산당 측의 공격이 거셌는데 그들은 한때 동료였던 이가 뒤로 물러나 몇 가지 현실을 직시하는 것을 용납하지 않았다. 특히나 스탈린주의, 수용소, 역사의 폭군들이 주도했던 이상理想 등을 운운하는 언사들은 참을 수 없는 것이었다.

1947년 6월이 되자 대표적인 관영 언론인 〈라 프라브다〉
(1918~1991년까지 소련 공산당의 공식 신문)가 《페스트》에 관한 조르쥬 루
카스의 논평을 실음으로써 모범을 보이기 시작했다. 〈라 프라
브다〉에서 루카스는 '독자의 사기를 저하시키고 불안을 조장해
나약하게 만들고, 독점적인 자본주의에 순종하는 겁에 질린 하
수인으로 만들기 위해서 공포의 씨를 뿌리는 사람들의 문학' [1]
이라고 비난했다. 당연히 카뮈를 두고 한 말이었다. 스물한 살
밖에 되지 않았던 1934년 그해 말에 공산당에 가입했던 카뮈에
대해서 말이다. 당시 그는 회교도들 사이에서 공산당의 선전 활
동을 담당하고 있었다. 하지만 공산당이 너무 지나치게 계급화
되어 있다고 본 카뮈는 얼마되지 않아 거부감을 느끼게 되었다.
그의 자유로운 영혼은 그 어떤 비판도 허용하지 않는 공산당의
분립에 적응하지 못했고, 그는 공산당이 지나치다 싶을 정도로
정치적 진화를 하지 않고 있음을 지적하곤 했다. 동지들과 달리
카뮈는 600만 알제리 토착민 중 단 2만 명의 프랑스 국적 취득
을 골자로 하는 블럼–비올레트 법안에 만족할 수 없었다. 뿐만
아니라 그는 알제리 인민당(PPA)과의 관계를 정리했다. 메살리
하지의 조직은 프랑스 공산당과 가까웠으며, 당시의 집권 공산

1) 〈라 프라브다La Pravda〉 1947년 7월 12일자.

주의자들이 아랍인들이 겪고 있는 탄압을 지지하고 있다고 비난했다.

카뮈는 반발했다. 공산주의자로서의 그의 모험은 1937년에 끝났다. 그렇지만 알제리 인민당이 승리를 거둔 지방선거 후 1939년 4월에 "아무런 대가 없이 훌륭한 희생자가 만들어지지는 않는다. 왜냐하면 그들에게 대항하면 할수록 그들의 세력은 커지기 때문이다"라는 경고의 메시지를 보내기도 했다.

그리고 모하메드 벤살렘이라는 필명으로 몇 개의 기사를 썼는데 그 필명은 가난한 사람들, 배척당한 사람들, 침묵 속으로 몰아넣어진 사람들 편에 서 있음을 의미하는 것이었다.

그러나 건망증도 투쟁의 일환인 양, 좌파의 훌륭한 양반들께서는 〈알제 레퓌블리캥〉, 그 이후에 〈콩바〉나 〈렉스프레스〉에 기고한 카뮈의 수많은 글을 모른 체했다.

1939년 같은 해, 파업 중 여섯 채의 집에 불을 질렀다는 이유로 기소된 12명의 아랍인 농장 노동자들의 재판에 대해 카뮈는 "많은 힘있는 목소리들 혹은 그러리라 추정되는 목소리들이 우리에게 뭔지 모를 저급한 이상을 목이 쉬어라 외쳐대는 현 시점에는 가능한 모든 수단을 사용해 불의를 최대한 막는 것이 시급하다"라고 분명히 경고했다.

"민주주의에 의미가 있다면 그 의미는 일요일 공식 성명에 있는 것이 아니라 바로 여기에 있는 것이다."

이외에도 많은 경고들이 다 잊혀졌다. '카빌리의 가난'에 관한 그의 르포와 1945년 5월 세티프에서 대학살이 있은 후 썼던 글도 잊혀졌다. 그 당시 카뮈는 "나는 정치적 관점에서도 아랍 국민이 존재한다는 것을 상기시키고자 한다. 아랍 국민은 서방 세계가 존중하거나 옹호할 이유가 없는, 보잘것없는 익명의 군중이 아님을 말하고자 하는 것이다. 반대로 그들은 일말의 선입견 없이 다가가보면 미덕을 우선으로 하는 위대한 전통을 지닌 민족이다. 그들이 처해 있는 삶의 조건에 의한 것이 아니라면 그 국민은 열등하지 않으며 그들이 우리에게서 배울 수 있는 한 우리도 그들에게 배울 것이 있다"라고 쓴 글을 통해 알 수 있듯이 그는 이미 독립운동의 조짐을 간파하고 있었다.

그 이후에는 "조간신문에서 아랍인의 80퍼센트가 프랑스 시민이 되기를 희망했다는 글을 읽었다. 나는 반대로 그들이 실제로 그렇게 희망했었으나 지금은 더 이상 원하지 않는다는 말로 알제리 정치의 현황을 요약하고자 한다"는 글을 통해 자신의 입장을 좀더 명확히 밝혔다.

알제리 문제가 좌파 정치인들과 생-제르맹-데-프레(파리 6구에 있는 지명으로 실존주의 운동의 중심지였다) 지식인들의 실존적 관심사가 아니었던 시기에 그의 단호하고 한 치의 양보도 없는 글과 르포가 무슨 소용이 있었겠는가?

한 좌파 일간지의 삼류 기자인 호프만 아무개의 말을 빌리자면 '아주 전형적인 방식으로 뒤로 돌아를 한'[2] 사람에게 있어서 대의란 너무도 뻔한 것이었다. 의사 표현이 좀더 분명했던 피에르 에르베는 카뮈가 공산주의자들이 그들의 편이었다가 배신했음을 용서하지 않고 있으며 그 덕분에 "카뮈는 변절자가 느끼는 양심의 가책으로 괴로워하고 있는데 그가 속시원히 인정하지 않는 그 가책은 증오로 변하고 있다. 그에게 행복한 공산주의자란 파렴치한 일인 것이다"[3]라고 비난했다. 다소 간결한 논거 제시였지만 당시의 시대적 감정을 명백히 반영하고 있었다. 그때부터는 더 큰 펀치를 날릴 기회를 기다리기만 하면 되는 상황이었다. 1952년 《반항하는 인간》이 출간되었을 때가 바로 그 기회였다. 〈뤼마니테〉는 저자가 '사고의 빈곤'을 보여주었으며, '국민들이 산산이 부숴버리는 억압의 포석을 필사적으로 유지하려고 애쓰는 억압자들'[4] 중 하나에 지나지 않음을 드러냈다고 평가했다.

카뮈는 분명 시대의 분위기, 시대의 사고에 맞지 않았다. 공산주의자들은 그가 사르트르가 외면하고자 했던 '민중의 작은 아

2) 라르마탕L' Harmattan, 1986년 9쪽, 1985년 6월 5~7일 낭테르 심포지엄 보고서 《카뮈와 정치》에 실린 "프랑스 공산주의자들과 알베르 카뮈, 오해없는 배척"에서 자닌 베르드−르루 Jeanine Verdes−Leroux가 언급한 내용이다.

3) 라 누벨 크리티크La Nouvelle Critique, 1952년 4월, 피에르 에르베, "카뮈의 반항."

4) 뤼마니테L' Humanite, 1952년 2월 26일, 빅토르 르뒤Victor Leduc, "반反혁명 지침서, 알베르 카뮈의 반항적 인간."

버지(러시아 공화국 황제를 지칭하는 말)'의 파행들을 포함하여 모든 전체주의에 대항하고 있음을 비난했다. 그러나 고르바초프 보고서가 나오기 5년 전, 사르트르 자신이 공산주의를 저버리기 5년 전인 당시 그의 입장이 옳았음을 인정하지 않을 수 없는 일이다.

하지만 카뮈의 철학적 입장은 전혀 놀라운 것이 아니었다. 1945년 "실존주의에는 두 가지 양태가 있다. 하나는 키에르키고르와 야스퍼스의 실존주의로 이성의 비판을 통한 신성神聖으로 나아가는 것이고, 다른 하나는 내가 무신론적 실존주의라 부르는 후설과 하이데거 그리고 사르트르로 이어지는 실존주의인데 그것도 신격화로 귀결되나 유일한 절대적 존재로 여겨지는 역사에 대한 신격화일 뿐이다. 우리는 더 이상 신을 믿지 않지만 역사는 믿는다"라는 말로 자기 사상을 밝혔었다.

분명 당황했을 사르트르는 프랑시스 장송에게 〈레 탕 모데른느〉에 《반항하는 인간》에 대한 비평을 써줄 것을 부탁했다. 이렇게 시작된 논쟁은 결국 카뮈와의 결별로까지 이어지게 되었다. 장송은 "당신은 완전하고도 거의 즉각적인 실패의 대가로만 혁명이 유효하다고, 즉 반항의 성격을 띤다고 주장하고 있습니다. 요컨대 당신은 패배를 선택한 것이며 거기에 힘을 실어주었습니다. 당신은 합의를 반항이라 명명함으로써 면죄부를 준 것입니다."[5]

5) 〈레 탕 모데른느Les temps modernes〉, 1952년 5월.

이와 막상막하로 카뮈에 대해 기지 넘치는 비평을 선보인 이가 브로통이었다. 그는 로트레아몽의 천재성을 대수롭지 않게 여기고 초현실주의자들이 "시대의 혁명에 봉사하기로 결정했다"고 평가하는 대담함을 보여주었다.

어찌 감히 좌파 지식인의 진부한 생각을 모독할 수 있단 말인가?

장송은 카뮈가 헤겔을 다시 문제 삼고 "마르크스주의가 논리적으로는 스탈린 체제로 이어지지만 결국 스탈린은 스탈린주의를 만들었다는 것을 어느 정도 교묘하게 드러내고야 말 거라는 것을 밝힌 것"[6]처럼 구는 게 참을 수 없었던 것이다.

상처받은 카뮈는 비평의 글을 쓴 저자에게 답을 하는 대신 《레 탕 모데른느》 대표인 사르트르에게 사무적인 답신을 보냈는데 이 답신은 그를 격분하게 만들었다. 그 요점은 명확했고 《레 탕 모데른느》의 이름으로 그에게 견주었던 당파 근성을 깨버리는 것이었다. "결국 진실이 우파에 있다는 판단이 들면 난 우파가 될 것입니다." 그는 장송의 글이 자신을 '또 한 번 주변'에 놓고자 하는 것이며 《반항하는 인간》을 통해 적어도 지금의 세계에서는 '순수한 반反역사가 순수한 절대적 역사주의만큼이나 해로운 것'임을 보여주고 싶었음을, 필요하다면 밝힌다고 적

6) Ibid.

었다. "인도차이나인, 알제리인, 마다가스카르인, 그리고 오지의 광부들이든 누구든 간에……"라며 자신을 힐난하는 장송에게 카뮈는 "그가 밥벌이에 이용하는 알제리인들은 전쟁에서까지도 불편한 전투를 나와 함께 싸워준 동료들이었다"라고 응수했다. 어느 순간 그는 목소리를 높여 자신의 무기력함을 토로하기도 했다. "역사의 흐름 속에서 권좌를 얻는 데만 혈안이 되어 있는 검열관들로부터 끊임없이 효율성에 대해 훈계를 듣고 있는 내 자신과, 특하나 한 번도 시대의 투쟁을 거부하지 않았던 노병들이 그런 훈계를 듣고 있는 것을 보니 조금씩 지쳐가기 시작한다. 나는 이와 유사한 태도를 전제로 하는 실질적인 결탁이라는 것을 고집하지 않을 것이다."

무척이나 감동적인 글이었다! 사르트르는 신중함을 벗어던지고 '침울한 자아도취에 빠져 있는' 옛 친구의 정식 제명을 선언했다. 그 친구의 사회적 출신 성분으로 모든 게 정당화될 수는 없었다. "당신이 가난했을지는 모르지만 더 이상은 그렇지 않습니다. 당신은 장송과 나처럼 부르주아입니다. 당신은 뱅상 드 폴이나 빈자들을 돕는 수녀와는 꽤 거리가 있어 보입니다." 사르트르는 거만과 멸시의 형태를 유지하면서 다시 한 번 강조했다. "난 부성애적인 연설을 너무나 많이 들어왔습니다. 내가 그런 박애주의를 불신한다는 것을 용서하십시오. 그리고 불행은 당신에게 뭘 해달라고 부탁한 적이 없습니다."[7]

완전한 결별이었다. 말하자면 거의 그런 것이나 다름없었다! 1957년 노벨문학상 수상은 좌파와 우파 양쪽 모두에서 다시 독설을 퍼붓는 계기가 되었다.

〈르 피가로 리테레르〉에서 프랑수아 모리악은 보수파 사이에서 진정한 좌파, '반동분자들'의 친구로 여겨지고 있었던 알베르 카뮈가 막상 '알제 전투' 동안 행해진 고문 사건이 불거졌을 때 사형에 반대하는 입장을 취했던 것을 두고 이 젊은 라이벌을 비난했다. 모리악은 자신의 가시 돋친 펜으로 11줄에 걸쳐 "내 짐작컨대 노벨문학상 심사단을 정복한 것은 한 세대를 반향하는 이 젊은 목소리인 것이다"[8]라고 평했다.

우파 주간지인 〈카르푸르〉 측에서는 노벨문학상이 통상적으로 관계국의 외무부장관의 의견 개진이 있은 후 수여됨을 지적했다. 그러므로 "입장을 정리하자면, 스웨덴의 한림원은 '프랑스령 알제리'[9] 지지자보다는 알제리 내의 소위 '자유주의적' 해결책 지지자를 선호했다고 볼 수 있다."

우파에서 받은 가장 잔인한 논평은 〈아르〉지의 것이었는데, 첫 페이지에 카우보이 복장을 한 카뮈의 캐리커처와 "카뮈에게 상을 수여함으로써 노벨상은 끝나버린 작품을 치하한 것이다"

---

7) 〈레 탕 모데른느〉, 1952년 8월.
8) 〈르 피가로 리테레르Le Figaro litteraire〉, 1957년 10월 26일.
9) 〈카르푸르Carrefour〉, 1957년 10월 23일.

라는 제목을 달고 있었다. 자크 로랑은 "작품의 수준이 아니라 이야기가 주장하는 바를 중시하는 기관이 목발에 의지한 채 힘겹게 문학의 길을 걷고 있는 한 남자에게 사정없이 끌렸다는 것에 왜 놀라는가……"라는 글로 신랄함을 더했다. 《사랑하는 카롤린》의 저자이기도 한 별난 작가인 그는 "노벨 문단이 직감을 가지고 있음을 인정해야 한다. 끝났거나 혹은 거의 그런 작품을 쉽게 발견하는 직관이 그것이다. 한림원 회원들은 이번 결정을 통해 자신들이 카뮈를 끝난 작가로 여기고 있음을 입증한 것이다……" [10]라고 덧붙였다.

좌파에서는 〈뤼마니테〉가 카뮈를 공개적으로 모욕한 유일한 매체는 아니었다. 베르나르 프랑크도 '손에는 장갑을 끼고 머리에는 여전히 모자를 쓴 채 난생 처음 살롱에 들어선 소심한 사람, 서민 출신인 사람의 문체'를 이야기할 때는 경멸을 토해냈다. "다른 초대 손님들이 고개를 돌리고는 자신들이 누구를 상대하고 있는지 알게 된다. 카뮈가 생각을 할 때는 아름다운 문체가 나온다. 그러나 결과물은 그리 좋지 않다." 카뮈의 글을 잔뜩 인용하고서는 "이 정도로 무의미하면서 그 무엇에도 평정을 잃지않는 것, 이것도 하나의 예술이다" [11]라고 결론지었다.

10) 〈아르Arts〉, 1957년 10월 23일.
11) 〈라 네프La Nef〉, 1957년 11월.

이런 말도 안 되는 평에는 반격이 필요했다. 모리스 드뤼옹이 같은 잡지를 통해 가혹한 반격을 펼쳤다. "베르나르 프랑크 씨는 아주 낮은 목소리로 비방했는데 그의 입김은 목표로 했던 만큼의 효과를 거두지 못한 듯하다. (……) 베르나르 프랑크 씨는 정치적 행위, 문체, 그리고 사상적 측면에서 카뮈를 공격했다. 그는 카뮈가 북아프리카에서 벌어지고 있는 사건들에 대해 침묵을 지키고 있다고 비난하고 있다. 카뮈가 의사를 표명하는 방식이 잘 기억나지 않는 모양이다. 공개적으로 조롱하는 것은 베르나르 프랑크 씨 그의 자유이다. 그의 글에서 유일하게 중요한 문장들은 내가 느끼기에 알베르 카뮈의 문장을 인용한 부분들이다. 따옴표를 넣지 않았더라도 얼마든지 알아볼 수 있었을 것이다." [12]

카뮈는 다음의 두 글로 인해 특히나 더 상처를 받게 되었다. 첫 번째 글은 전에 자신이 기자로 몸담았던 〈콩바〉에 실렸다. 알랭 보스케(Alain Bosque, 러시아 출신의 프랑스 작가)가 "작은 나라들은 별 볼일 없는 예의바른 완벽한 사상가들을 좋아한다"라고 쓴 비판의 글이었다. 두 번째 글은 파스칼 피아가 〈파리-프레스〉에 쓴 것이었다. 카뮈가 기자로 일할 때 그리고 반식민지 투쟁을 하던 당시 동료였던 그는 카뮈가 더 이상 '반항적인 인간' 이 아

---

12) 〈라 네프〉, 1957년 11월.

니라 해묵은 휴머니즘을 위한 '세속의 성자'[13]라고 평했다. "세계 시민이고 평화주의자이며 고결한 청원서의 서명자이자 사형에 반대하고 나선 알베르 카뮈는 최근의 작품이 보여주듯이 스톡홀름의 마음에 드는 방법을 알고 있었던 것이다. 그곳은 이웃 국가인 핀란드와 노르웨이가 점령당했을 때 우리가 보았듯이 평화에 대한 끈질긴 사랑이 늘 승리를 거두는 그런 곳이다."[14] 평소 독자들에게 보다 설득력 있는 주장을 펼쳤던 피아 같은 사람이 내놓은 분석치고는 상당히 희한한 것이었다. 아무튼 이러한 발언은 〈파리-프레스〉에서도 맹위를 떨쳤던 클레베 해든스(Kléber Haedens, 프랑스 작가이면서 소설가이며 기자)의 말에도 힘을 실어주었다. 그의 평가는 일종의 확인 사살이었다. "사람들이 카뮈를 고전주의 작가라고 했다. 19세기부터 고전주의라는 수식어는 미라에게나 쓰는 것이며 카뮈가 이미 사전 속에 방부 처리되어 있음은 분명한 사실이다."[15]

그때까지 개인적인 논평의 그늘 속에 가려져 있던 장-폴 사르트르는 "아주 잘했다!"고 평하면서 악의에 찬 문구를 선보였다. 이런 이탈에 대한 처벌을 지지라도 하려는 양…… 이 실존주의 철학자가 무척이나 노벨문학상을 타고 싶어했다는 것 그리고

13) 〈파리-프레스Paris-Presse〉, 1957년 10월 18일.
14) 〈파리-프레스〉, 렝트랑지장L' intransigeant, 1957년 10월 19일.
15) 〈파리-프레스〉, 렝트랑지장, 1957년 10월 19일.

이듬해에 그 상을 거부했다는 것은 꽤나 흥미로운 사실이다!

알제리 지식인들 측에서 보내는 비판은 더 가혹하면서도 동시에 더 애정 어린 듯 보였다. 어긋난 기대로 인한 실망감을 느낄 수 있었지만 프랑스 내에서와 같은 그런 신랄함이나 반감은 전혀 없었다. 카텝 야신(Kateb Yasine, 알제리 작가)이 카뮈에게 보낸 편지도 그랬다. "나의 친애하는 동향인이여, 같은 제국에서 온 망명자인 우리 두 사람은 마치 사이 나쁜 형제 같군요. 유산을 나눌 필요없게 차라리 내동댕이쳐버린, 포기할 줄 아는 소유의 오만에 빠져 있는 그런 형제 말입니다. 하지만 이 아름다운 유산은 이제 우리가 공통적으로 가지고 있는 '말╗'의 양 날에 의해 가족 혹은 종족의 그림자까지 말살당해버리는 유령이 깃든 장소가 되고 맙니다. 우리는 티파사와 나도르의 유적 속에서 외칩니다. 우리 모두 함께 반목의 위협을 달랠 것인가 아니면 그러기에 너무 늦은 것인가? 티파사와 나도르에서 재판관 겸 감식관으로 가장한 유엔의 파괴자들을 보게될 것인가? 난 정확한 답을 기대하는 것이 아닙니다. 불분명한 우리의 공존을 두고 일간지들이 뻔한 광고를 해대기를 원하는 건 더더욱 아닙니다. 언젠가 가족위원회라는 게 소집된다면 분명 우리의 모습은 그곳에 없을 것입니다. 그러나 아직 목숨이 완전히 끊어지지 않은 엄마를 앞에 둔 고아들 특유의 무심한 태도를 견지하며 의사소통을 재기하는 것이 (아마도) 시급한 문제일 것입니다. 형제로서,

카텝 야신."[16]

　알제리 사람들은 카뮈로부터 더 많은 것을 기대하고 있었다. 분명 그가 줄 수 있는 것 그 이상으로 말이다. 모두가 그에게 어떤 애정과 가족애를 느끼고 있었다. 모하메드 딥(알제리 작가)은 카뮈를 '알제리 작가'[17]로 보는 것을 주저하지 않았다. 압델카데르 제그룰(Abdelkader Djeghloul, 알제리의 반프랑스운동 지도자)은 카뮈의 정치적 참여에 경의를 표했다. "일단 당신이 알제리 회교도 국민에 대해 전혀 증오나 경멸의 감정을 갖고 있지 않았다는 것은 명백합니다." 그리고 비난이 이어졌다. "어느 한순간도 당신은 '알제리 출신의 프랑스인들'과 알제리 회교도 국민이 한나라 안에서 하나가 될 수 있다는 예상은 하지 않습니다." 마지막으로 그는 "시민권 공유를 제안하며 내민 손을 거절한 당신이지만 그래도 나는 당신을 일종의 파트타임 동포로 여기기에, 당신을 관대히 생각합니다"[18]라며 글을 맺었다.

　시몬 드 보부아르가 자신의 자서전인 《사물의 힘》에서 했던 신랄한 비난과 공통되는 내용이라고는 하나도 없었다. 보부아르는 카뮈가 노벨상을 받은 후 1957년 10월 17일 스톡홀름에서

---

16) 1957년 10월 17일 카텝 야신으로부터 받은 편지.

17) 유럽Europe 846호, 1999년 10월, 크리스티안 숄레-아슈르Christiane Chaulet-Achour, "카뮈와 1990년대 알제리."

18) 〈르 시에클Le Siècle〉 잡지, 1999년 12월.

있었던 기자회견에서 했던 유명한 말을 상기시켰다. "수많은 사람들 앞에서 카뮈는 '나는 정의를 사랑합니다. 그러나 정의에 앞서 나는 어머니를 보호할 것입니다'라고 표명했는데 이는 결국 알제리 출신의 프랑스인들 편을 든 것이다. 거기에 한술 더 떠서 카뮈 자신이 대립을 초월한 척함으로써 전쟁과 그의 방식들을 인본주의와 양립시키려는 사람들을 지지하는 것이다."[19] 이 논평은 편파적인 관점 및 카뮈의 정치 참여에 대한 명백한 몰이해를 심각히 드러낸 것이었던 만큼 어떠한 반응도 불러일으키지 못했다.

정의와 어머니 사이의 선택에 관한 말은 그 이후에 마치 그의 작품, 그의 인생, 그의 정치적 참여가 한 문장으로 축약되는 양 카뮈를 중상모략하는 모든 이들에게 좋은 구실이 되었다. 이 이야기가 나왔으니 말인데, 몇몇 분석가와 기자들 사이에서 '젊은 알제리 혁명가'라 불리던 사람에게 카뮈가 이 말을 할 수밖에 없었던 정황에 대해 명확히 밝힐 필요가 있다.

앞서 출간된 책(《카뮈의 알제리》)의 집필을 위해 난 카텝 야신의 도움으로 그 '민족주의자'의 연락처를 얻는 데 성공했다. 그는 사이드 케살이란 사람으로 스웨덴에 살고 있었다. 그 일에 관해 이야기해달라는 연락을 받은 그는 엽서 뒷면에 몇 글자 휘갈겨

19) 시몬 드 보부아르, 《사물의 힘》.

쓴 답장을 써보낸 것이 고작이었다. "카뮈는 죽었고 알제리도 죽었으니 난 더 이상 할 말이 없습니다……." 몇 번이나 더 부탁을 했지만 그는 끝까지 거절하며 침묵을 지켰다.

40여 년의 시간이 흐른 후 나는 그에게 다시 연락을 취해보았다. 그때는 놀랍게도 자택에서의 만남을 수락했다. 2008년 4월이었다. 그는 생존해 있었고 스톡홀름 외곽에 있는 소도시의 작은 아파트에 살고 있었다. 젊은이는 이제 여든이 넘은 노인이 되어 있었고 안타까워하고 있었다. "카뮈를 만나지 않은 것을 말입니다. 사실 전해지고 있는 그 사건의 내용은 사실과 상당히 거리가 있습니다. 내가 그 기자회견장에 들어간 건 우연이었어요. 당시 나는 알제리를 떠난 지 10년이 넘었었고, 난 운동가도 아니었고 알제리 독립전쟁에 참여하지도 않았죠. 국제 건설 현장에서 일했었는데 내 아내가 된 여자를 만나 스웨덴에 정착했었구요. 카뮈 씨에게 질문을 던졌을 때 솔직히 난 그 사람의 이름만 알았지 작품은 몰랐어요. 그럼에도 불구하고 그를 알제리의 도덕적 양심이라고 생각하고 있었지요. 그랬기 때문에 그가 알제리 독립을 위해 싸우지 않는다고 비난했던 겁니다. 내 말에 대답하는 대신, 그가 내 나이를 묻더군요. 난 다시 그가 알제리 문제를 방만하고 있는 것을 비난했고 그는 다시 한 번 나에게 나이를 물었죠. 짜증이 나더군요……."

그렇게 목소리가 높아졌고 결국 화가 난 알베르 카뮈가 상대에게 이렇게 말했다. "난 단 한 번도 아랍인이나 당신네 투쟁가들 중 그 누구에게도 좀 전에 당신이 많은 사람들 앞에서 나에게 했던 것처럼 그렇게 말한 적이 없습니다. 알제리에서 민주주의가 자리잡길 원하신다구요. 그러면 지금 바로 민주적인 행동으로 저에게 말할 기회를 좀 주시지요. 대개 끝까지 들어봐야 의미가 제대로 전달되는 법이니 중간에 끊지 말아주십시오……" 사이드 케살은 화가 나서 다시 끼어들었는데 카뮈는 개의치 않고 끝까지 말을 이었다.

"난 1년 8개월 동안 침묵했습니다. 그렇다고 해서 내가 행동을 하지 않았다는 뜻은 아닙니다. 난 정의로운 알제리를 지지했고 여전히 지지하며 그 안에서 두 국민 모두 평화롭고 동등한 삶을 영위해야 합니다. 알제리 국민의 가치를 인정하고 양 국민 간의 증오가 더 이상 어떤 지식인의 개입이나 공포를 가중시킬 위험이 있는 그의 말 한 마디에 좌지우지 되지 않을 때까지 완전한 민주 체제를 부여해야 한다고 여러 번 말했습니다. 나누기보다는 하나가 될 수 있는 적절한 순간이 될 때까지 기다리는 게 낫다고 생각했던 것입니다. 허나, 여러분이 알지 못하는 활동 덕분에 여러분의 동지들이 아직도 살아 있는 것이라고 난 단언합니다. 이렇게 공개 석상에서 개인적인 이유를 밝히는 것이 썩 달갑지는 않습니다. 난 늘 공포의 대상을 규탄했습니다. 또한 예를 들어 알제 시의 거리에서 무차별하게 자행되고 있는 테러리즘, 언젠가 내 어머니나 내 가족이 공격의 대상이 될지도 모르는 테러리즘도 규탄합니다. 난 정의를 믿습니다. 그러나 정의에 앞서 나는 어머니를 보호할 것입니다."

카뮈의 태도에 실망감을 느낀데다 굴욕적인 취급을 받았다고 생각한 젊은이는 그 자리를 떠났다. "마치 내 나이가 중요하기라도 했던 것처럼 말이죠! 어쨌거나 내 나름대로는 그날의 에피소드를 묻어버렸던 게 사실입니다만, 그게 카뮈를 중상모략자들과 대치시킬 논쟁의 씨앗이 되리라고는 상상도 하지 못했어요. 카뮈가 젊은 기자 시절에 〈알제-레퓌블리캥〉에 연재했던 '카빌리의 가난'을 읽은 것은 몇 년 후였습니다. 카빌리 사람인 저에게 그건 충격이었죠. 더 알고 싶어서 그의 책을 모조리 다 읽었습니다. 감정이 북받쳐오더군요." 사이드 케살은 카뮈를 만나 자기 소개를 하고 상황을 해명하고자 결심했다. "쥘 루아를 보러 갔더니 그가 자동차 사고로 죽었다고 하더군요. 그래서 루르마랭으로 내려가서 그의 무덤에 꽃을 올려놓고 왔습니다."

오해는 사그라졌다. 노벨상 수상자가 젊은 날의 케살과 가졌던 대화와 오해는 그뿐만이 아니었다. 카뮈가 파리에 입성하자마자 남과 달랐던 그에 대해 시작된 또 다른 오해가 있었다. 시간이 지나면서 그 오해는 더 커졌다. 그는 어떤 파벌, 학교(특히 고등사범학교), 지역에 따른 인맥에 동참하지 못했다. 실존적 시련기에 갇혀 있던 문학계에서 그는 이방인으로 남는 듯했다. 그러나 그렇지 않았다. 결코 그런 일은 일어나지 않았다. 사람들은 그에게 늘 그런 사실을 인지시켰다. 그가 죽고 나서 오랜 세월이 흐른 뒤 밀란 쿤데라가 그 당시 카뮈를 배척하는 분위기에 대해서만 분석을 했던 것 같다……. "사르트르가 그에게 정치적 배척을 가한 이후, 질투와 증오를 안겨준 노벨상 수상 이후 알베르 카뮈는 파리 지식인들 사이에 속해 있는 것을 굉장히 거북해했다. 더군다나 그에게 방해가 되었던 것은 본인과 떼려야 뗄 수 없는 범속凡俗한 부분에 대해 지적을 당했던 것이라고 한다. 부유하지 못한 출신, 문맹인 어머니, '허물없이 행동하는' 알제리 출신 프랑스인들과 마음을 같이하는 알제리 출신 프랑스인이라는 조건, 그가 쓴 수필의 철학적 딜레탕티즘, 그 이상은 더 말하지 않겠다. 린치를 가하고 있는 글들을 읽다보니 이런 구절이 있었다.[20] '카뮈는 딴에는 잔뜩 멋을 낸 시골 사람이다. (……) 손에는 장갑을 끼고 머리에는 여전히 모자를 쓴 채 난생 처음 살롱에 들어선 서민. 다른 초대 손님들이 고개를 돌리고는 자신들이 누구를 상대하고 있는지 알게 된다.'"[21]

죽음은 가장 악착 같은 편견도 이겨내는 법이다. 도덕이라는

---

20) 145쪽에 언급했던 베르나르 프랑크Bernard Franck의 기사 내용.
21) 밀란 쿤데라Milan Kundera, 《장막》.

이름으로 그것과 꽤나 거리가 있는 중상모략가들이 갑자기 모두 추종자가 되었다. 카뮈가 사라지자마자 어제의 격렬한 비판자들이 그때까지 야유를 퍼부었던 이를 예찬하기 시작했다. 《전락》을 읽고 나서 클라망스–카뮈의 관계를 보면 '진실함에 대한 추구가 피학적이면서 동시에 강박관념으로 변하는 것'[22] 이 보인다고 평한 앙드레 뷔름세르는 카뮈 안에 '격앙된 자기 도취로 이어지는 우울한 상황'이 자리잡고 있다고 폭로했었으나 죽은 카뮈는 더 이상 그런 상황의 희생양이 아니었다. 신기하게도 이런 묘사는 어떤 확신에 빠져 있던 저자와 그의 수많은 친구들의 모습을 고스란히 보여주는 자화상과 같았다. 하지만 얼마 지나지 않아 흐루시초프는 그들의 확신을 산산이 무너뜨리고 말았다. 그렇다고 이러한 거리두기가 스탈린주의 좌파의 전유물만은 아니었다. 그런 시각은 카뮈라는 사탄의 면전에 성수를 뿌리는 것 같은 아카데미 회원 에밀 앙리오의 그것과 혼동될 만큼 유사했다. "사람들이 내 탓으로 돌리는 모든 외설스런 언행과 사람들이 틀에 박힌 방식대로 나에게 있으리라고 추측하는 악의에 대해 나는 무고함을 밝히는 바이다." 〈르 몽드〉지의 비평가인 그는 주저하지 않고 악의적인 독설을 퍼부었으며 《이방인》에 대한 논평을 실었는데, 과연 작품의 의미를 제대로

---

22) 레 레트르 프랑세즈Les Lettres françaises, '순교자의 진단'.

파악이나 했는지 의심스러울 정도였다. "요컨대 나는 다른 이들을 심판하기 위해서 자신을 감추다가 결국에는 우리가 그를 닮았음을 비난하는, 슬픔에 잠겨 있는 총명한 《전락》의 '재판관 이자 고해자' 보다는 물에 빠져 표류하는 머리라곤 없는 불쌍한 녀석, 그의 '이방인' 이 더 마음에 들었다……." [23]

갑자기 과거는 싹 지워져버렸다. 모든 비난은 잊혀졌다. 강요된 침묵 앞에서 예찬이 통용되었다. 장-폴 사르트르도 법칙을 따랐고 태연자약하게 완서법을 사용해가며 애도를 표했다. "그와 나는 사이가 좋지 않았습니다. 불화란 단지 ─ 다시는 서로 만나지 않는다 하더라도 ─ 함께 살아가는, 그리고 우리에게 주어진 편협한 세상에서 서로에게서 멀어지지 않는 또 하나의 방식일 뿐입니다. 난 여전히 그를 생각했고 그가 읽던 책에서, 신문에서 그의 시선을 느꼈으며 '그러면 뭐라고 할까? 지금 그는 뭐라고 할까?' 궁금해했습니다."

《구토》의 저자는 계속 말을 이었다. "그는 이 세기에 그리고 역사를 거스르며 도덕가들의 기나긴 계보를 이은 사람이었습니다. 프랑스 문학에서 가장 독창적인 부분을 이루는 작품을 남긴 도덕가들 말입니다 그의 고집스럽고 편협하고 순수하고 금

---

23) 〈르 몽드〉, 1956년 5월 30일.

욕적이면서 관능적인 휴머니즘은 당시의 집단적이고 기괴한 사건에 대항하여 모호한 전투를 벌였습니다. 하지만 뒤집어보면 그는 완강한 거부를 통해 이 시대 한가운데에서 마키아벨리주의자들에게 대항하여, 사실주의라는 황금 송아지에 대항하여 도의적 사실의 존재를 다시 주장했던 것입니다.

말하자면 그는 불굴의 확신 그 자체였습니다. 조금이라도 글을 읽거나 생각을 한 사람이라면 그가 주먹을 불끈 쥐고 지켰던 인간적 가치에 부딪쳤던 것입니다. 그가 정치적 행위를 문제 삼았던 것이니까요.[24]"

카뮈에 대한 경의는 감동적이었다. 여기저기에서 후회의 흔적까지도 찾아볼 수 있었다. 꼭 그런 것만은 아니었다. "미셸 콩타가 묻자, 사르트르는 글을 쓰기에 '좋은 종이'가 있어서 손가는 대로 쓴 것이라고 말했다"라고 올리비에 토드가 전했듯이[25] 말이다. 확신에 가득 찬 사르트르가 연단에 올라섰을 때 그는 오로지 자기 문체의 진가를 보여주는 일에만 염두에 두었던 것이다. 카뮈의 죽음이 뭐가 그리 대수였으랴! 그들의 우정이 뭐가 중요했으랴! 그는 결국 혼자였고 자기 자신에게 메아리쳐 돌아오는 자신의 목소리만 들렸을 뿐이다. 기쁨으로 충만해 있던

---

24) 〈프랑스-옵세르바퇴르France-Observateur〉, 1960년 1월 7일.
25) 올리비에 토드, 《알베르 카뮈》.

그는 클라망스가 전략에 관해 자신에게 속삭이는 말을 듣지 않았던 것이다. "때가 너무 늦어버렸습니다. 앞으로도 계속 늦을 겁니다. 다행스럽게도 말이지요!"

2009년 5월 르 브루샹에서

조제 렌지니

역자 후기

불어를 전공한다는 이유로 대학교 1학년 때 《이방인》 번역서를 읽었던 것이 카뮈와의 첫 만남이었다. 그로부터 상당히 많은 시간이 흘러 지난해에 알제리를 방문할 기회가 주어졌었다. 돌아오는 길에 들른 파리의 한 서점에서 이 책을 만나게 되고 이 작품의 번역까지 맡게 된 일련의 과정을 돌이켜보니 그저 단순한 우연의 연속이라고 하기에는 너무 많은 의미가 담겨 있는 사건으로 다가온다.

내 눈을 사로잡은 작품, 그것도 한국 독자들로부터 많은 사랑을 받고 있는 작가에 관한 작품을 번역하게 되었을 때의 그 기쁨은 말로 표현할 수 없었지만 그 기쁨도 잠시. 카뮈의 모든 작품을 제대로 이해했어야 가능한 이 책의 번역은 무척이나 버거운 작업이었다. 곳곳에 담겨 있는 위대한 작품의 의미와 그 '침묵'을 제대로 전달할 수 있을까 하는 조바심이 항상 고개를 빳빳이 쳐들고는 나의 무모함을 비웃었다.

카뮈의 여러 작품을 다시 읽고 음미하는 동안 침묵에서 잉태되고 침묵을 먹고 자란 그의 글이 갖고 있는 풍요로움에 압도되는 느낌이었다. 어떻게 이런 글이 침묵으로부터 나올 수 있었던 것일까? 침묵이란 소리나 감정이 없는 상태가 아니라 가득 들어차 있는 상태라는 문장은 마치 나의 질문에 대한 대답인 듯했다. 어떤 연출가가 이런 말을 한 기억이 난다. 최고의 무용수는 춤을 잘 추는 사람이 아니라 손가락 하나 움직이지 않아도 그 존재만으로도 모든 감정 표현이 가능한 사람이라고. 즉 침묵은 단순한 무언無言이 아니요, 부동不動은 그저 동작의 멈춤에 불과한 것이 아니라는 말일 것이다.

너무나 많은 것을 담고 있기에 그 무게와 뜻을 다 헤아릴 수 없는 침묵. 그 침묵이 피워낸 카뮈의 삶과 글. 그 상관관계에 대해 말하고자 했던 작가의 작품. 역자의 미력한 실력으로 이 모든 것을 제대로 이해하고 전달하기에는 역부족이었으나, 다만 이 작품과의 만남이 나에게 중요한 화두를 던진 것만은 확실하다. 침묵이 던진 화두. 그 화두로 인해 내 인생이 한층 더 풍요로워질 것 같은 느낌이 드는 것은 왜일까?

2010년 4월

문소영

카뮈의 마지막 날들

첫판 1쇄 펴낸날 2010년 4월 29일

지은이 | 조제 렌지니
옮긴이 | 문소영
펴낸이 | 박남희
기획·편집 | 박남주
기획·마케팅 | 김영신
디자인 | Studio Bemine
제작 | 이희수
종이 | 화인페이퍼
인쇄 | 청아문화사
제본 | 정민제본

펴낸곳 | (주)뮤진트리
출판등록 | 2007년 11월 28일 제318-2007-000130호
주소 | 서울시 영등포구 양평동 2가 37-2 양평빌딩 301호
전화 | 02-2676-7117 팩스 02-2676-5261
E-mail | geist6@hanmail.net

ISBN 978-89-94015-07-1 03860